U0464936

国际大奖小说
法国儿童村运动文学奖

星期三的幸福配方

l'école des gâteaux

[法]拉歇尔·奥斯法戴尔 / 著

张 默 / 译

天津出版传媒集团
新蕾出版社

图书在版编目 (CIP) 数据

星期三的幸福配方 /(法) 拉歇尔·奥斯法戴尔著；张默译. -- 天津：新蕾出版社，2022.1（2023.11 重印）
(国际大奖小说)
ISBN 978-7-5307-7270-6

Ⅰ.①星… Ⅱ.①拉… ②张… Ⅲ.①儿童小说-中篇小说-法国-现代 Ⅳ.①I565.84

中国版本图书馆 CIP 数据核字(2021)第 187737 号

Title: L'école des gâteaux
Author: Text by Rachel Hausfater
Original French edition and artwork © Casterman 2017
Simplified Chinese translation copyright © 2021 by New Buds Publishing House (Tianjin) Limited Company
This copy in Simplified Chinese can only be distributed and sold in PR China, no rights in Taiwan, Hong Kong and Macau
ALL RIGHTS RESERVED
津图登字:02-2019-397

书　　名	星期三的幸福配方　XINGQI SAN DE XINGFU PEIFANG
出版发行	天津出版传媒集团 新蕾出版社
	http://www.newbuds.com.cn
地　　址	天津市和平区西康路 35 号(300051)
出 版 人	马玉秀
电　　话	总编办 (022)23332422 发行部 (022)23332351　23332679
传　　真	(022)23332422
经　　销	全国新华书店
印　　刷	天津新华印务有限公司
开　　本	880mm×1230mm　1/32
字　　数	30 千字
印　　张	4.5
印　　数	28 001—35 000
版　　次	2022 年 1 月第 1 版　2023 年 11 月第 5 次印刷
定　　价	26.00 元

著作权所有，请勿擅用本书制作各类出版物，违者必究。
如发现印、装质量问题，影响阅读，请与本社发行部联系调换。
地址:天津市和平区西康路 35 号
电话:(022)23332677　邮编:300051

一辈子的书

◎梅子涵

◆亲近文学◆

一个希望优秀的人,是应该亲近文学的。亲近文学的方式当然就是阅读。阅读那些经典和杰作,在故事和语言间得到和世俗不一样的气息,优雅的心情和感觉在这同时也就滋生出来;还有很多的智慧和见解,是你在受教育的课堂上和别的书里难以如此生动和有趣地看见的。慢慢地,慢慢地,这阅读就使你有了格调,有了不平庸的眼睛。其实谁不知道,十有八九你是不可能成为一个文学家的,而是当了电脑工程师、建筑设计师……可是亲近文学怎么就是为了要成为文学家,成为一个写小说的人呢?文学是抚摸所有人的灵魂的,如果真有一种叫作"灵魂"的东西的话。文学是这样的一盏灯,只要你亲近过它,那么不管你是在怎样的境遇里,每天从事怎样的职业和怎样地操持,是设计房子还是打制家具,它都会无声无息地照亮你,使你可能为一个城市、一个家庭的房间又添置了经典,添置了可以供世代的人去欣赏和享受的美,而不是才过了几年,人们已经在说,哎哟,好难看哟!

谁会不想要这样的一盏灯呢?

◆阅读优秀◆

文学是很丰富的,各种各样。但是它又的确分成优秀和平庸。我们哪怕可以活上三百岁,有很充裕的时间,还是有理由只阅读优秀的,而拒绝平庸的。所以一代一代年长的人总是劝说年轻的人:"阅读经典!"这是他们的前人告诉他们的,他们也有了深切的体会,所以再来告诉他们的后代。

这是人类的生命关怀。

美国诗人惠特曼有一首诗:《有一个孩子向前走去》。诗里说:

> 有一个孩子每天向前走去,
> 他看见最初的东西,他就变成那东西,
> 那东西就变成了他的一部分……

如果是早开的紫丁香,那么它会变成这个孩子的一部分;如果是杂乱的野草,那么它也会变成这个孩子的一部分。

我们都想看见一个孩子一步步地走进经典里去,走进优秀。

优秀和经典的书,不是只有那些很久年代以前的才是,只是安徒生,只是托尔斯泰,只是鲁迅;当代也有不少。只不过是我们不知道,所以没有告诉你;你的父母不知道,所以没有告诉你;你的老师可能也不知道,所以也没有告诉你。我们都已经看见了这种"不知道"所造成的阅读的稀少了。我们很焦急,所以我们总是非常热心地对你们说,它们在哪里,是什么书名,在哪儿可以买到。我就好想为你们开一张大书单,可以供你们去寻找、得到。像英国作家斯蒂文生写的那个李利一样,每天快要天黑的时候,他就拿着提灯和梯子走过来,在每一家的门口,把街灯点亮。我们也想当一个点灯的人,让你们在光亮中可以看见,看见那一本本被奇特地写出来的书,夜晚梦见里面的故事,白天的时候也必然想起和流连。一个孩子一天天地向前走去,长大了,很有知识,很有技能,还善良和有诗意,语言斯文……

同样是长大,那会多么不一样!

◆自己的书◆

优秀的文学书,也有不同。有很多是写给成年人的,也有专门写给孩子和青少年的。专门为孩子和青少年写文学书,不是从古就有的,而是历史不长。可是已经写出来的足以称得上琳琅和灿烂了。它可以算作是这二三百年来我们的文学里最值得炫耀的事情之一,几乎任何一本统计世纪文学成就的大书里都不会忘记写上这一笔,而且写上一个个具体的灿烂书名。

它们是我们自己的书。合乎年纪,合乎趣味,快活地笑或是严肃地思考,都是立在敬重我们生命的角度,不假冒天真,也不故意深刻。

它们是长大的人一生忘记不了的书,长大以后,他们才知道,原来这样的书,这些书里的故事和美妙,在长大之后读的文学书里再难遇见,可是因为他们读过了,所以没有遗憾。他们会这样劝说:"读一读吧,要不会遗憾的。"

我们不要像安徒生写的那棵小枞树,老急着长大,老以为自己已经长大,不理睬照射它的那么温暖的太阳光和充分的新鲜空气,连飞翔过去的小鸟,和早晨与晚间飘过去的红云也一点儿都不感兴趣,老想着我长大了,我长大了。

"请你跟我们一道享受你的生活吧!"太阳光说。

"请你在自由中享受你新鲜的青春吧!"空气说。

"请你尽情地阅读属于你的年龄的文学书吧!"梅子涵说。

现在的这些"国际大奖小说"就是这样的书。

它们真是非常好,读完了,放进你自己的书架,你永远也不会抽离的。

很多年后,你当父亲、母亲了,你会对儿子、女儿说:"读一读它们,我的孩子!"

你还会当爷爷、奶奶、外公和外婆,你会对孙辈们说:"读一读它们吧,我都珍藏了一辈子了!"

一辈子的书。

致大卫

目 录

1 雅科 …… 1
2 学校 …… 4
3 食谱 …… 11
4 黄油 …… 15
5 开工 …… 20
6 女邻居 …… 26

7 准备就绪 …… 31
8 烘焙经费 …… 39
9 奇迹 …… 43
10 烤坏的蛋糕 …… 48
11 数字与文字 …… 52
12 夏洛特 …… 58

13　夏洛特蛋糕 …… 64

14　好主意 …… 69

15　三的倍数 …… 73

16　卖甜点 …… 77

17　进步 …… 84

18　悲剧 …… 89

19　恐惧 …… 93

20　外公侠 …… 98

21　妙计 …… 105

22　爸爸和妈妈 …… 112

23　蛋糕学校 …… 119

1 雅科

雅科是个小馋猫,最喜欢的事就是吃。当他还是个婴儿时,就一心渴望着吃,他吮奶的速度快得就像嘴里叼了吸管一样。和别的婴儿不同,他最先会喊的既不是"妈妈"也不是"爸爸",而是"饭饭",意思就是"我要吃饭"。吃饭时间一到,他便兴奋地爬来爬去,就像准备打仗一样,高兴地大叫着"饭饭"。吃面条儿时,为了加快速度,他甚至把筷子塞到嘴里一起咬,然后气都不喘一下,又接连吃光了十块奶酪。

妈妈为此很开心,但医生却笑不出来。

"这孩子太胖了。"医生感叹道。

"他不是胖,只是有点儿圆。"妈妈辩解道。

"那他也太圆了。"

"可是圆滚滚的宝宝很可爱呀……"

"或许吧,但这对身体可没什么好处。"

雅科被她们的对话吸引,突然喊起"糖糖"。

"不可以。糖果、蛋糕、奶酪以后都不能再吃……"

"唉,这些都是他最爱吃的……那薯条还可以吃吗?"妈妈问道。

"薯条更可怕!更不能给孩子吃!"

雅科吮着大拇指,心里愤愤地想:"你才可怕呢!"虽然他听不懂她们在说什么,但是医生严肃的表情、张口闭口的"不"让他皱起了小眉头。医生还在有条不紊地谈论着雅科的生长曲线,雅科的妈妈一边听一边抚摸着雅科的胳

膊。医生把他们送到门口,递给雅科妈妈一份营养食谱,并且再三叮嘱:"请,别,再,吃,蛋,糕,啦!"可是一走出医院,雅科便用期待的眼神注视着妈妈,随之冒出一句:

"糕糕?"

"好好好,吃蛋糕,我的小宝宝。"妈妈瞬间就被雅科可爱的小表情打动了。

他们飞奔向蛋糕店,仿佛要从甜点师那里获得心灵的慰藉。

2 学校

雅科越长越高,也越长越胖,一转眼他就要上幼儿园了。在幼儿园里,他发现大家都叫他雅克。不过,他和其他孩子不同,他不喜欢上幼儿园,除了得知自己的大名叫雅克以外,其他什么也没学会……

这样的雅科满心期待着升入小学,因为那时书包上就会有很多小口袋,他可以悄悄塞进饼干、糖果、口香糖,想吃就能吃……然而,真实的小学生活令他失望透顶。老师很严厉,总是想方设法让他读书,但他就是提不起兴趣。不

过，老师坚决不放弃，她的吼叫与体罚就像一双大手，硬生生地把雅科的头按向书本。现在，他虽然能够认得一些字了，但念起书来还是呆板得像个傻瓜。他始终对读书这件事不感兴趣，并且认为这毫无价值。

夏天，雅科到乡下的外公家过暑假。白天，他们会带着满满一包三明治到河边钓鱼，晚上还会一起给壁炉生火。伴随着跳动的火焰，外公给他讲了一个又一个故事，两个月的时间里雅科什么书也不用读！

升入二年级后，他还是一如既往地爱吃。有时候，他觉得生活中再也没有比吃东西更惬意的事情了。

每天早晨，要是没有热巧克力和烤面包那喷香四溢的呼唤，他根本无法从睡梦中醒来。学校里的日子很漫长，也很无趣，幸好还有食堂！虽然饭的味道不怎么样，但胜在品种够多。

一放学，他便飞奔回家，迫不及待地钻进他的零食堆。

吃饱喝足之后,他开始边写作业边看电视;或者更准确地说,他是边看电视边写作业。有时候,他甚至能把看电视、写作业和吃零食三件事融为一体……所以,他的作业本里总是有一些零食渣。每天,妈妈下班回家后,雅科的第一个问题肯定是:

"妈妈,今天吃什么呀?"

然后,他们会做一些简单又好吃的饭菜。妈妈没有丈夫,她把所有的爱都给了雅科。雅科没有爸爸,他最爱的就是妈妈。母子二人幸福地生活着,心满意足地品味着每一餐……

但在学校里,雅科可就开心不起来了。虽然长高以后,他不再是圆滚滚的样子,再也没人像在幼儿园时那样喊他"球球"或者"胖胖",但还是有一些不太友好的同学嘲笑他是贪吃鬼,而且每当他想再多要一点儿薯条时,食堂的阿姨都会取笑他。

不过，最令雅科郁闷的是：一年级时的老师哈贝赛小姐居然跟班到了二年级！他多么希望能够摆脱这位处处与他作对的老师呀！但是，没办法，哈贝赛小姐可不想放过他。她呵责雅科除了吃，脑子里什么都装不下。但确实没什么比吃更有趣呀！她想让雅科能在吃之外干点"正经事"，奈何雅科的肚子就是不听话地咕咕乱叫！老师朝他吼，他便硬吞下嘴里的糖果，假装认真地读课文。

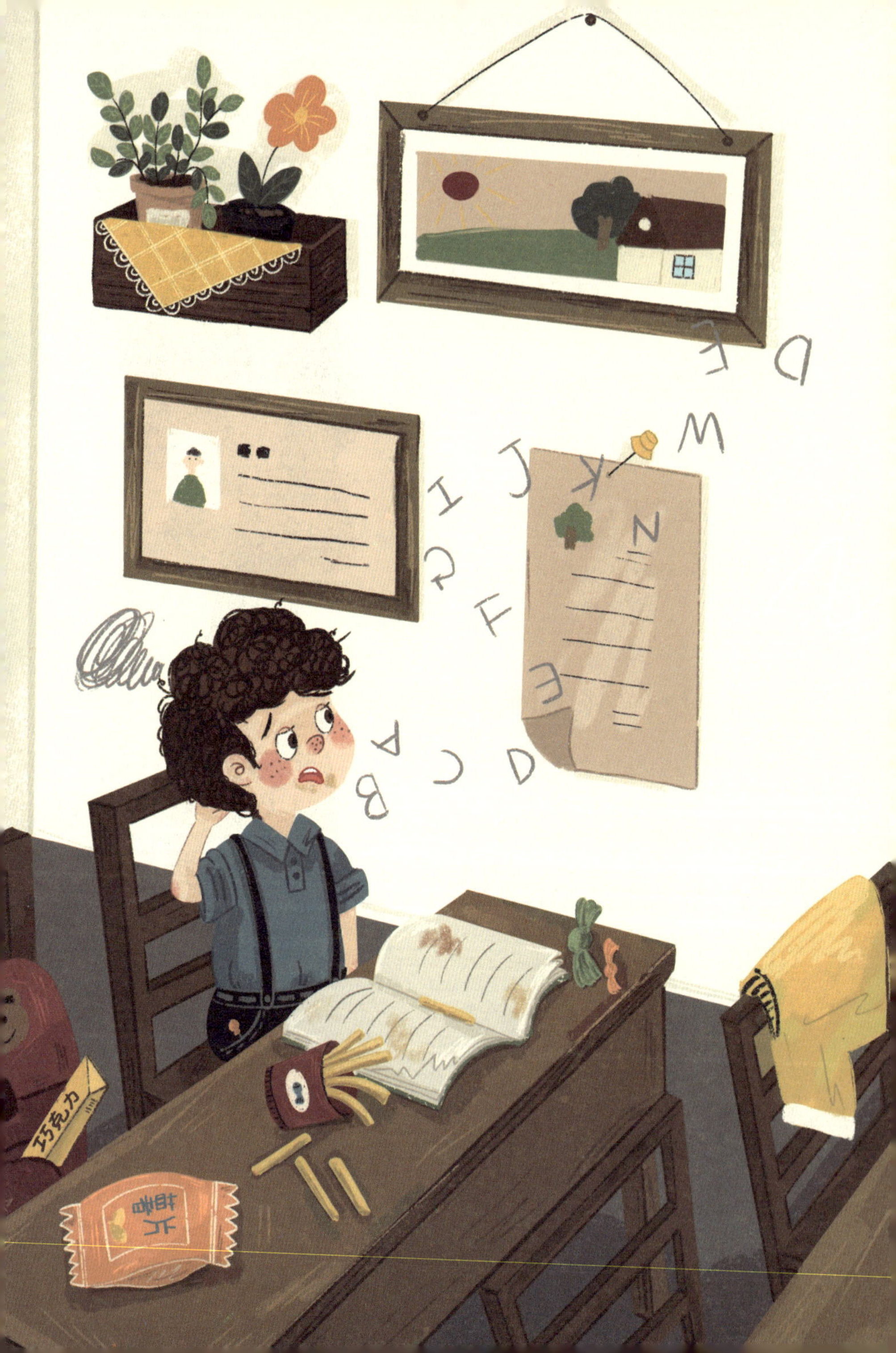
巧克力

对他来说，读书太难了。每一页上的字密密麻麻很难读懂，每一个词磕磕巴巴艰难迸出，那奇怪的声音听起来就像一群傻瓜在跌跌撞撞地舞蹈。没头没尾地读完三个句子后，他抬起头看着老师，想知道自己表现如何。可老师呢，正抬头望着天空。雅科忐忑地想："惨了，情况不妙。"

"你理解自己刚才读的内容吗？"老师严肃地问道。

"啊！因为……并且……必须理解！但我要理解什么呢？"雅科绝望地思索着。

除了朗读，写字也是雅科的噩梦。他的手上总是沾满薯片的油渍、饼干的巧克力夹心、糖果的糖渍……弄得本子上脏兮兮的。面对这样布满污渍的书本，他根本提不起兴趣在上面认真写字，而且他的字就像他念的句子一样让人难以理解。看看他写的字，又小又丑，连他自己都不想多看一眼。

对了，还有算术！只要数字超出十根手指可数的范围，雅科就应付不来。数数、列算式、写数字,这些都太难了。而且他也不知道学习这些对他来说有什么用处。想想也是,为什么要把时间浪费在读书、写字还有算术上面?与这些相比,雅科更喜欢说话。

当然,嘴巴里还要塞得满满的……

3 食谱

每个星期三只有半天课,妈妈要上班,下午雅科一个人在家很无聊。但即使这样他也不想去活动中心玩,因为那儿的男孩们只爱踢足球,跟他们玩还不如在家吃点心。

中午一回到家,他就把妈妈之前准备好的午餐放进微波炉里加热。吃过饭他会看会儿动画片或者下楼玩。有时候,他会跟小伙伴们在小区里玩,或者到图书馆去。不过,雅科去图书馆并不是为了看书,而是因为图书馆里既暖和又安静,他感觉在那里时间过得比别处快。

雅科翻看画报和漫画书,或者胡思乱想,只盼下午快点过去,他就可以回家吃饭了。

今天,当雅科翻阅《米奇画报》时,他被一幅插图吸引了。这幅"香喷喷"的图画让他忍不住直流口水。图上画了很多圆圆的饼干,饼干上嵌满了巧克力豆。这些美味的家伙热情地凝视着雅科,一副想要被他吃掉的样子。为了不辜负这些饼干的期待,雅科努力"破解"着文章的标题,但这实在太难了。幸好还有图片,要不然,他根本想不到人们常说的"取其"应该写作"曲奇"。真奇怪,他差点儿以为画报上出现了错别字。

标题下面是密密麻麻的数和字,雅科想那应该就是制作曲奇所需的食材了。接着往下看,还有一些简短的句子,他猜想那应该就是制作步骤。在文章的末尾还写着几个大字——"祝您有个好胃口"。真巧,雅科的胃口一直不错!他心想这份食谱毫无疑问就是为他量身打造的。

为了这"天赐良缘",雅科开始一字一句地研读起来。加入糖……加入面粉……切碎巧克力……这些字闻起来就香喷喷的,并且富有意义,雅科终于发现了有意义的字!他用手指着,一行行地读,很快就读完了整份食谱。他抬起头,欣喜若狂,这可是他有生以来第一次读完一篇完整的文章,不带一丝痛苦与厌烦,而且所有内容他几乎都看懂了。他自言自语地说:"这也太有意思了!"当然,这份食谱也很实用,雅科打算照着它一展身手,然后美美地大吃一顿!

首先,雅科需要得到食谱,可图书馆的杂志从不外借。况且,雅科也并未在图书馆注册过。注册了又有什么用?他又不看书。总之,现在雅科无法带走这份食谱。但是如果他想按食谱做曲奇又必须反复查看。于是,他想到把食谱抄下来,这样就能把它带回家了。

他叹了一口气,然后去图书管理员那里要来纸和笔,逐字逐句地把整份食谱抄了下来。食谱很长,他抄得手疼。刚开始,他抄得很快很乱,直到发现无法看清自己写的字时,他又重新开始抄写,这一次他抄得非常认真。虽然看上去仍不工整,字写得歪歪扭扭很不规范,但是至少能够看清了。完成后,他用手抚摸了一下这张纸,深情地注视着自己的作品。抄了这么多字,还都看懂了,雅科感到很自豪。他把笔还给图书管理员时,那位女士对他说:"我看到你很专心地在抄那篇文章,但是,你知道,其实我可以帮你复印的。"

"什么?她怎么现在才说?!天哪,真不幸……"不过,对于手抄食谱这件事,雅科并未感到厌烦。因为他觉得,只有这样,食谱才真正属于自己。现在,这份食谱属于他了:自己发现,自己抄写,自己尝试去做。

最后,还要自己吃掉!

4 黄油

雅科一回到家就溜进厨房,把抄写食谱的纸放在桌子上。他看了一下食材清单,但他等不及花时间备好食材,迫不及待地想马上开工!首先,要……

将 75g 黄油软化。

"软化"这个词是什么意思呢?"软"跟"轻"有点儿像……不,也可能是"饮"……也不是,是"软"……啊,对,就是这个意思!要让黄油变软。

那么该如何软化黄油呢?这还不简单!只要吃完早餐

后不把它放回冰箱不就行啦！雅科每天都这么干，搞得妈妈十分恼火。桌上这块黄油已经软到粘在了罐子上。完美！

现在，只需要从这一大块黄油上取出"75g"即可。虽然雅科并不知道"g"是什么意思，但是他猜想这应该跟重量有关。他从浴室拿来体重秤，然后把黄油罐放在上面——体重秤显示"0.3"。0.3？这么看来，无论如何也达不到75呀！肯定是哪里出了问题。为了验证体重秤是不是坏了，雅科站到上面，体重秤显示"28"。尽管雅科不是算术高手，但是28比75小，他还是知道的。天哪，难道做曲奇需要的黄油比雅科还要重？这不可能。

雅科心灰意冷，垂头丧气地返回厨房。再三思索之下，他突然有了个主意。他从冰箱里拿出一块全新的黄油，包装纸上印着一些横线，每条横线旁还标注着"25g"的字样。想必这就是标示黄油重量的刻度了！现在，只需要计算出75是25的几倍就可以了！

就在这个时候,电话铃响了。雅科接起电话,是外公。每星期三,外公都会打电话给雅科,问问他是否一切安好。可惜外公住得很远,雅科只有到假期才能和他见面。雅科喜欢去看望外公,喜欢跟他聊天儿。而今天他接到外公的电话时尤为兴奋。

"你好吗,我的小雅科?"

"很好,很好。对了,外公,'g'是什么意思呀?"

"j?"

"不不,是g。"

"还有别的提示吗?"

"它前面还有个数字75。"

"车牌号码?"

"外公!别开玩笑啦!"

"我没开玩笑!我只是想弄清楚。你再详细讲讲。"

"好吧。我想做曲奇……"

"作曲？"

"做曲奇，曲奇就是一种美式饼干。我需要'75g'黄油。"

"是'75克'呀！"

"'克'是什么意思呀？"

"克呀，就是很小的重量单位。"

"是小的巧克力颗粒？蛋糕上点缀的那种？"

"不，雅科！克是个重量单位，不是小颗粒的意思。告诉我你需要多少？"

"75克。不过，黄油包装上标着很多个'25'……"

"好吧，你需要三份。"

"三份？！"

"是的。25+25+25=75，你在学校没学过这个吗？"

一阵沉默。

"没学过吗？"外公耐心地再次询问道。

"学过,学过……"雅科有气无力地回答道,他并不想让外公知道自己的算术很糟。

他接着刚才的话题继续说:"好了,外公,谢谢您。我还要去切黄油,先挂了。"

"你做饼干就只需要黄油吗?"

"当然不是,不过剩下的我自己想办法吧。"

"我过会儿再打电话给你看看进展如何,好吗?"

"好的。"

挂断电话后,雅科立即跑进厨房。他切下三份25克的黄油,然后倒进沙拉碗里。不过,麻烦的是,黄油块还是硬邦邦的!雅科不想再浪费时间等它变软,于是把沙拉碗放进了微波炉中加热。当他把碗拿出来时,黄油块已经融化成了液体。糟糕,软化过头了!不过,他总算得到了75克黄油!终于可以进行下一步了。

5 开工

黄油软化好后,雅科再次拿起食谱。

加入 75g 红糖……

红糖?可糖不是红色的呀?!这些人真是疯了!雅科拿出白糖和妈妈每次做蛋糕都会用的那个量杯。这一步很简单。他打开写着"糖"字的罐子,往量杯里倒入了白糖。

……一个鸡蛋……

他拿出一个鸡蛋,小心翼翼地放在工作台上,生怕打碎。可这些看起来呆呆的鸡蛋带着壳要怎么用呢?雅科想

起妈妈做饭时都会把蛋壳磕碎，他心想这食谱应该写上先磕碎蛋壳呀！他拿起鸡蛋，在碗边轻轻磕了一下，见蛋壳没碎，他又慢慢增加力道。突然，蛋壳破裂，把雅科吓了一跳。蛋白、蛋黄还有碎鸡蛋壳一股脑儿掉进了碗里。

他一边叹气一边挑蛋壳。黏糊糊、湿答答、滑溜溜的，越挑越令人恼火。最终，在把大片的蛋壳都挑出来后，他放弃了那些细碎的蛋壳。"那些小的就不去管了！"雅科一边寻思着，一边用木勺把蛋壳碾碎在蛋液中。

……再加一些香草精……

妈妈把香草精放哪儿了？香草精到底长什么样呢？雅科在香草冰激凌和香草奶油里尝过香草的味道，但就是没见过香草的真容。不过，想想香草冰激凌的颜色，雅科觉得香草一定是白色的，或者是浅黄色的。他翻箱倒柜，发现一大堆花花绿绿的小袋子，有杏仁粉，还有一个小瓶子里装着黏稠的黑色液体，闻起来就像香草冰激凌的味道。不过看这颜色,想必不是。找来找去,最后他还是决定做一些没有香草精的原味曲奇。

……搅拌均匀。

他认真地搅拌着。

慢慢加入150g面粉……

他仔细地用量杯量取面粉,这个宝贝量杯可真方便!

……加入一咖啡勺苏打粉……

一勺咖啡?雅科可不喜欢咖啡。为了确保无误,他又看了一眼食谱。原来食谱上写的是"咖啡勺"。这个时候,他突然意识到认真阅读的重要性,至少可以避免放错配料。他拿出一个小勺,还有刚才找香草精时发现的一个粉色小袋子,袋子上面写着"苏打"。苏打粉洁白细腻,他用手指蘸起一点儿舔了舔,又立马吐了出来。呸!太苦了!希望这玩意儿不会破坏曲奇的味道!接着,他把苏打粉倒进面粉里,搅拌均匀。

……加入一咖啡勺盐……

盐？放入曲奇里面？先加苦味，又加咸味，这还吃得出甜味吗？

……不停地搅拌。

哎呀！放苏打粉的时候停过一次，拿盐的时候又停下来一次。这会影响曲奇的制作效果吗？为了弥补一下，他搅呀搅呀，搅拌了很久很久。尽管面团又重又粘手，他仍旧用力地搅拌着。

将100g黑巧克力捣碎放入面团中。

他拿出一块黑巧克力，这是妈妈做甜点时应急用的。雅科自己更喜欢吃牛奶巧克力，但是做甜点要用纯度更高、油脂和甜度更低的黑巧克力，这是个不成文的规定。巧克力的包装纸上写着"200g"。他知道"1+1=2"，再回想起"10+10=20"，那么"100+100不就等于200"吗？肯定是。他把一块巧克力掰成两半，取其中一半备用。不过，这可是一大块巧克力呀,不是小碎块儿。他试着用刀切,但是耳边仿佛回荡着妈妈的大喊声:"当心!会伤到手!"的确,这块巧克力太硬了,为了弄碎它,雅科把手指都弄疼了。累到绝望的雅科把巧克力扔到地上,嘿,巧克力瞬间被摔成了小碎块儿。太神奇啦!他开心地捡起这些碎块儿,用白色餐布细心地擦拭。只见白色的餐布从白到棕,从棕到黑。还有一些比较大块的巧克力没被摔碎,雅科就把它们放进嘴里嘎吱嘎吱地咬碎,然后再放到面团上。好在这恶心的一幕没被其他人看到。他把所有的食材搅拌好后,尝了一口。嗯!生吃也很美味!接着,雅科又照着食谱核对了一遍。一切就绪,只差烘烤。

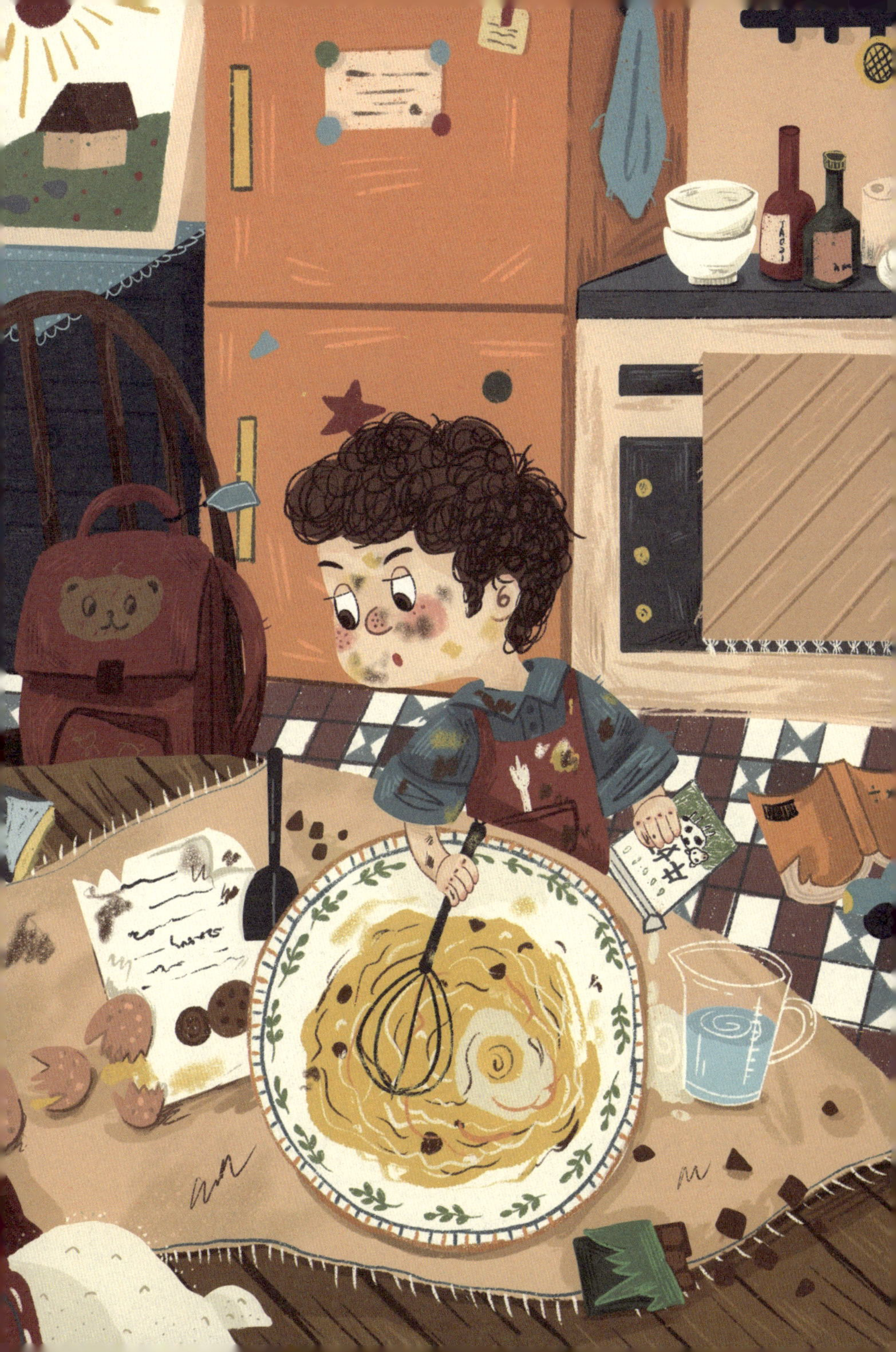

6 女邻居

在烤盘上铺上锡箔纸……

这个简单。烤盘在烤箱里,锡箔纸在洗碗池下面。雅科看过妈妈做蛋糕。

用汤勺将面团做成曲奇状置于烤盘上。

可面团粘在了汤勺上(对,是汤勺,这次可没看成一勺汤,哈哈!)。雅科想用另一个汤勺把面团弄下来,可是两个汤勺都被面团粘住了。紧接着,第三个、第四个……齐上阵。雅科十分恼火,一气之下把所有汤勺都扔进了洗碗池。

他抓起倔强的面团,想让它瞧瞧到底谁说了算。很快,面团被他团成了一个个小圆球,虽然不是很圆,但这些小家伙一排排整齐地站在烤盘上,可爱得就像列队等待放学的小学生。

丁零零!电话铃响了。是外公,他在电话那头儿唠叨着:

"还有烤箱!"

"烤箱?怎么了?"

"你不要自己使用烤箱。太危险了!"

"可是我得把曲奇烤熟呀,外公。它们还是生的呢。"

"等你妈妈回家再弄吧!"外公语气坚定地命令道。

"可是她要到晚上才能回来……"雅科嘟囔着。

"那又怎样?"

"那就要等很长时间。况且,我想给她一个惊喜……"

雅科感觉这句话让外公的语气瞬间柔和了许多,他老人家就像刚才那块被融化的黄油一样。

"能不能找邻居帮忙?"

"好主意!我这就去找马丁太太。"

"这位太太为人和善吗?"

"她看起来不太友好,但毕竟是邻居嘛。我先去试试。"

"一会儿见,小伙子。"

挂断电话后,雅科飞速冲出家门。马丁太太胖胖的,整天不是对她那位小个子丈夫呼来喝去,就是像侦探一样窥视邻居们的一举一动。她的女儿夏洛特跟雅科同班,也读二年级,雅科很怕她。夏洛特长得像她爸爸,个子很小,但她喜欢大喊大叫这一点又像极了她妈妈。当雅科正准备按门铃时,门突然开了,就像马丁太太正躲在门后等他似的。

"你来干什么?"她大声说道。

"请问可以请您帮我开一下烤箱吗?"雅科很有礼貌地问道。

"开烤箱干什么?"

"做点心。"

"给谁做?"

"当然是给您做啦。"雅科乖巧地回答。

马丁太太突然愣住,满腹狐疑地盯着雅科,好像要看看雅科是不是在恶作剧。不过,思索片刻后,马丁太太便慢吞吞地跟在雅科身后来到了他家。

走进厨房,她以鉴赏家的眼光瞥了那些曲奇一眼,然后问道:"烤箱要设定到多少度?"

雅科把食谱递给她,上面写着:

将烤箱调至 7th(210℃),烘烤 10~15min。

雅科不知道食谱上那些神秘的字母都代表什么,但是马丁太太驾轻就熟。她摆弄着按钮,把烤架放好……然后关上了烤箱门。等等,她并没有把装着曲奇的烤盘放进去。她是不是疯了?难道她认为只要用眼睛盯着烤箱,曲奇就会像晒太阳一样,自然变色、烤熟吗?

雅科小心翼翼地问:"那些曲奇不放进去吗?"

"要先给烤箱预热十分钟,然后再把曲奇放进去烤十到十五分钟。懂了吗?"

雅科这才明白"min"是分钟的意思。不过,他对一分钟到底是多久毫无概念,更别提十分钟了。于是,他怯怯地问:"一分钟是多久呀?"

"从一数到六十,就是一分钟。"马丁太太不耐烦地丢下这句话,转身甩门离开了雅科家。

7 准备就绪

听了马丁太太的话,雅科开始数数。从一数到二十,还算顺利。但是再往下数,他就糊涂了,他边数边忘,至少数错了十个数……为了准确,雅科不得不再次从零开始……就这样,时间一分一秒过去,他却浑然不觉。

最后,他觉得数得差不多了,就把烤盘放进了烤箱里。他站在烤箱前,透过烤箱的玻璃门盯着一个个可爱的小曲奇。这可比电视节目好看多啦!这些圆圆的白色小面团上带有黑色的巧克力碎,它们一点点膨胀,慢慢地变成金黄色。与此同时,一股浓郁的香气弥散在厨房里。

曲奇已经变成棕色,看起来就和甜品店里的一样。雅科再也无法抗拒美食的诱惑,他打开烤箱,一股热气扑面而来,逼得他向后退去。他很恐慌:怎么才能把它们从烤箱里拿出来呢?他突然想起妈妈那副绿色的大手套。以前,他常戴着那副大手套和妈妈握手,同时故意压低声音说:"您好,女士。"这回,雅科戴上大手套,小心翼翼地取出了烤盘。尽管手有点儿抖,但是并没被烫到。

他关上烤箱门,把烤盘放在灶台上,轻轻地把每块曲奇从锡箔纸上拿下来,然后规整地摆在了盘子里。刚出炉的曲奇很烫,雅科刚想咬一口,嘴就被烫了一下。于是,他像条"贪吃蛇"一样围着盘子打转,捏一下这块,舔一下那块,翻个面,吹一吹。经过几分钟的等待,这些曲奇终于可以入口了……来吧,咀嚼它们,品尝它们,吞掉它们,享受它们!雅科从没吃过这么好吃的饼干,他知道因为这是他

亲手做的。这是他的饼干！都是他的劳动成果！

都是他的吗？哦，不。雅科正准备再吃一块时，突然停了下来。他想起应该给妈妈留一些，然后再邮寄三四块给外公，好感谢他的支持。就这么安排！

就这么安排吗？还有马丁太太呢！一个微弱的声音在他耳边响起。不过，他更希望自己什么也没听到。但谁让雅科是个诚实的孩子呢，他想起之前做出的承诺，于是长叹一口气，喝了几口冰水，然后拿起一块曲奇走向马丁太太的家。

和刚才一样，门铃还没响，门就开了。雅科微笑着把曲奇递给马丁太太。

马丁太太一把抢过雅科手里的曲奇，用尖锐的声音问道："就一块？"

"是的。"雅科愉快地回答。

就在这个时候，夏洛特从马丁太太身后探出头来，她

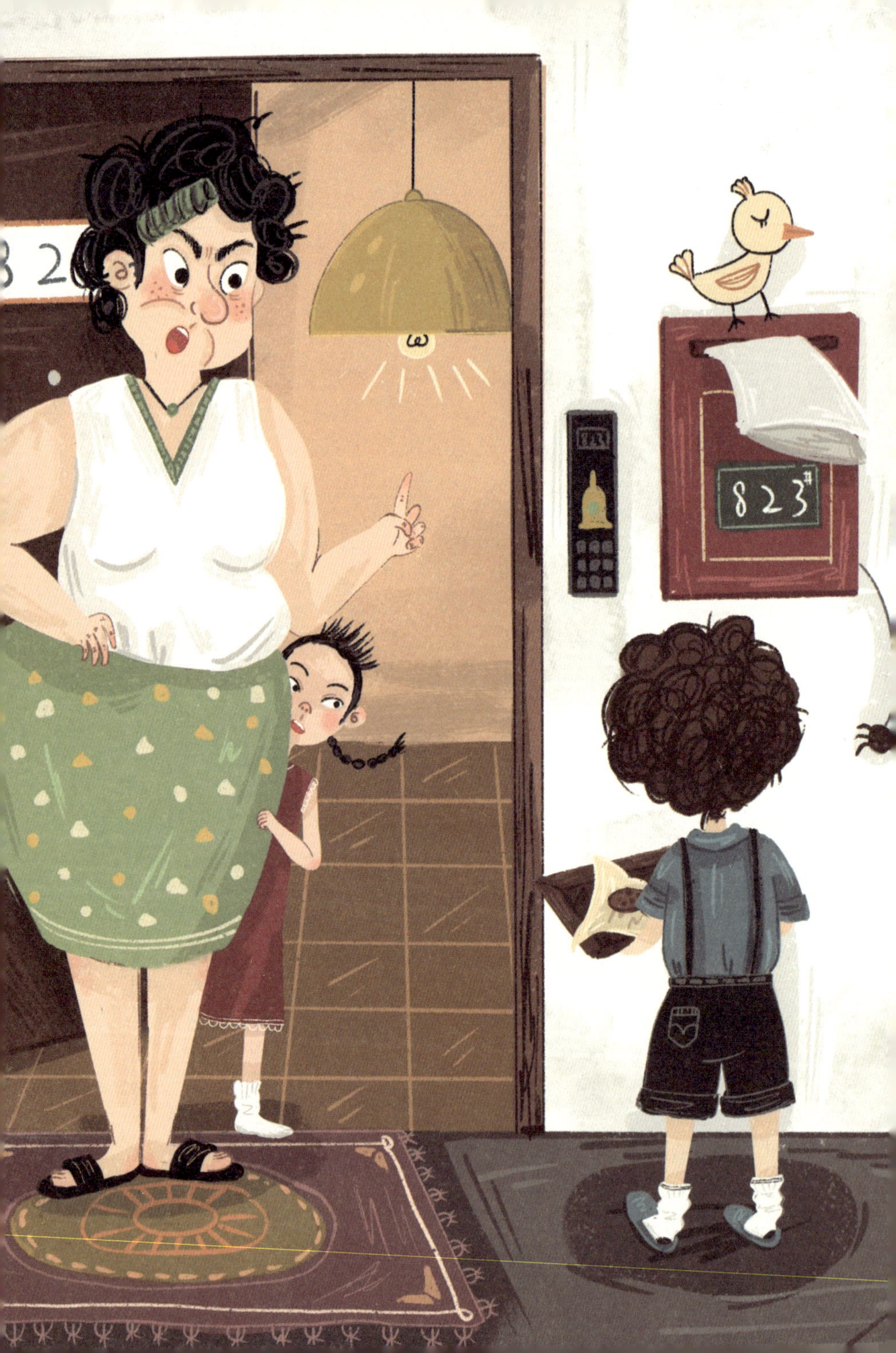
823#

抢过曲奇,一口塞进了嘴里。

"谢谢,我的小可爱。"说完她便跑开了。

雅科摇了摇头,转身回家了。他自言自语道:"真是两个贪吃鬼!"

刚一进门,电话铃就响了。是外公,他还在担心雅科。

"外公,我做的曲奇太好吃了。我给您寄几块吧。"

"从电话里寄来吗?"

"当然不是!我要去邮局寄。"

"你没烫到吧?"

"没有,没有。"

"烤箱关了吗?"

"……"

"烤箱关了吗?"外公焦急地重复道。

"没有,没有……"

"赶紧去找邻居帮忙关一下。"

"不,不!"

"为什么不?"

"她发火了。"

"为什么?"

"因为那个肥婆想吃掉我所有的曲奇!"

"太不像话啦!"外公愤愤地说道。

说完,祖孙俩哈哈大笑。没办法,外公只好在电话里指导雅科关掉烤箱。雅科按照外公的指示摆弄着烤箱。烤箱上的指示灯熄灭了,外公这才松了一口气。

挂掉电话后,雅科打开了电视。但是没过几分钟,他就把电视关了。因为他想重温一下做曲奇的过程。整个下午,他虽然很疲惫,但却很开心。因为他觉得自己接触了新事物,学到了新东西,有种瞬间长大的感觉。

晚上,雅科满头面粉,满嘴巧克力,满手黄油地迎接妈妈,在给妈妈送上自制曲奇的同时,还送给她一个凌乱不

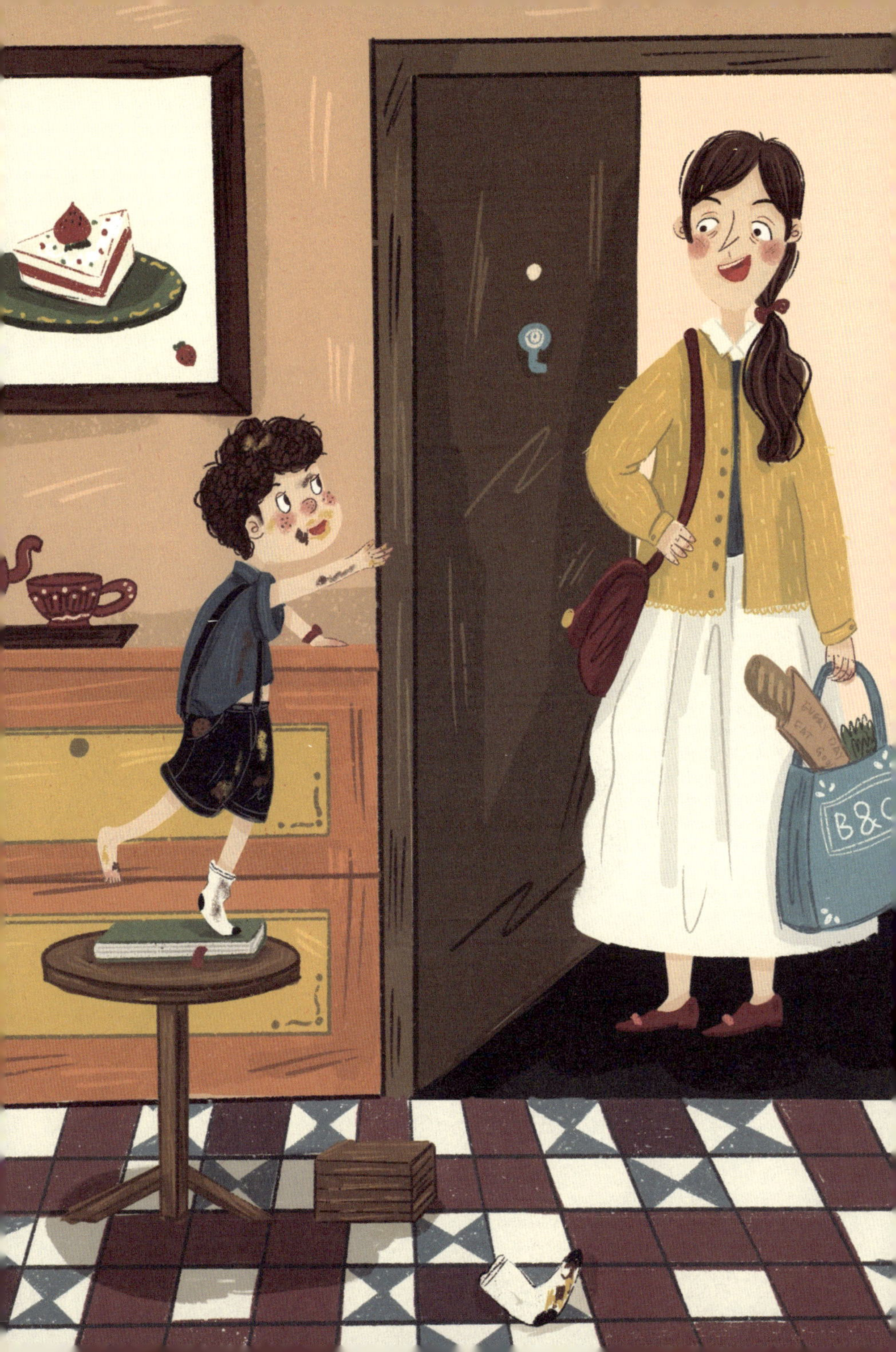
B&C

堪的厨房。不过，妈妈并没有责备他，因为她看到儿子的眼睛里闪着光。

妈妈让雅科先去洗澡，她来打扫厨房。清理完之后，他们一起品尝了美味的曲奇，那香浓的味道尝在口中，甜在心里。

8　烘焙经费

多亏了甜点,雅科的生活变得丰富起来。他每个星期都可以按照食谱做一次甜点。起初,妈妈不太同意,因为她担心雅科伤着,害怕他摔坏餐具、浪费食材,受不了他弄乱厨房,担心他三分钟热度。但是外公说服了她。

就这样,每天放学之后,雅科不再像从前一样倒在沙发上看电视,而是奔向图书馆,在各种书刊上搜寻甜点食谱。当然,他一定会先吃完甜点再去!当他找到一份看起来既简单又诱人的食谱时,他就抄下来。有时候这要花费好几个晚上的时间,但是不要紧,他并不着急。因为他有一整个星期的时间可以准备。

接下来,他会对照食谱上的食材清单,在自己的小橱柜里一件件地找。现在,厨房里有了他的专属橱柜,上面还贴着一个显眼的标签:烘焙。橱柜里装满了他需要的食材,如果缺少什么,他会列一个食材清单,然后拿出存钱罐里的钱去采购。

这个存钱罐是雅科用奶粉罐做的,他还在上面贴了一些自己画的小甜点。他把这个罐子里放的零用钱叫作"烘焙经费"。

多亏了外公,雅科才有了积攒"经费"的想法。外公收到雅科寄给他的曲奇后,开心地回信感谢他、祝贺他,并把一张十块钱纸币折好放在信封里,用以支持雅科日后的"烘焙事业"。这些钱对于攻克妈妈那个"做甜点花费很大"的反对理由可是起到了至关重要的作用。现在,雅科每个

星期会往存钱罐里放两块零用钱。而且每当外公收到美味的甜点后,他都会寄些钱给雅科。多亏了外公的支援,雅科得以自己搞定购买食材所需的费用。

有时候,经费短缺,他就要舍弃一些食材,如巧克力豆或糖粉。这让他很烦恼,但无论他怎么数,钱也不会变多。没办法,只能算了!

不过,有些日子很幸运,他能买齐所有食材,然后花好几个小时愉快地把东西整齐地放进他的小橱柜。他喜欢看橱柜里装满面粉、砂糖和巧克力的样子,在他眼里那可是满满的财富。

现在,雅科也会用烤箱了,他不必再去打扰马丁太太了。妈妈说不应该喊马丁太太"肥婆"。可是……好吧,雅科还是服从了妈妈。

除了称呼问题,雅科还要遵守一些约定才能在家里开展他的烘焙事业。首先,做完甜点后,他必须要把厨房打扫干净。然后，最重要的是，妈妈和外公让他保证在学校里努力学习。

他答应了。

9　奇迹

说到学校,雅科在学习方面已经有了一些进步。有一天,他甚至让老师大吃一惊。他主动举手要求朗读课文。因为他们学到的新课文名叫《千层》,雅科被这个题目深深地吸引了:难道这是一份新食谱?

无论如何,哈贝赛小姐同意了。毕竟,平时都是她强迫雅科朗读。她在桌边坐下来,准备忍受雅科那磕磕巴巴的"的……昂……当……加……加斯……加斯通……发觉……不……发现……啊是的……当加斯通发现。"

可令她惊喜的是,雅科缓慢却清晰地读出:"当加斯通发现……"

她打断了雅科:"你可以重新开始吗?"

"为什么?我读得不好吗?"

"就是因为太好了。你读得很好。"

雅科心想:"这是怎么回事?读得不好,要重读,读得好,也要重读!"虽然满心疑惑,但他还是乖乖地从头读起。

"'当加斯通发现生日礼物是一本厚厚的书时,他非常失望。'哦,不!"

哈贝赛小姐本来闭着眼睛沉浸在雅科的朗读中,突然她的思绪被打断了。

"发生了什么?"

"我也很失望。这,这根本不是一个关于千层酥的故事!"

"当然不是,跟千层酥有什么关系?这个故事讲的是一

本书,一本有一千页的书……但是雅科,我感觉你好像读懂了刚才的内容!"

"当然啦!我原以为这个故事跟千层酥有关,但根本就不是。没意思!"

"不,我的小雅科,这本书有趣得很!这个故事也写得

很美,很棒,很奇特!"

紧接着,哈贝赛小姐快速站起身来,兴奋地拥抱了他一下。

真让人难为情!雅科心想:"她疯了吗?要是这样,我可再也不读了!"

哈贝赛小姐后退几步,端详起她的"胜利果实"。此刻,她觉得自己一直以来的坚持是对的,就应该对学生不抛弃、不放弃。雅科终于能准确地朗读了,这就是对她最大的回报。她觉得是自己为雅科打开了知识世界的大门,把他从无知的困境中解救出来。

下课铃一响,雅科飞快地溜走,生怕老师再来找他的麻烦。没错,他的阅读能力是比之前好了很多,但假如哈贝赛小姐认为这是她的功劳,那就大错特错了。雅科很清楚,自己是从打开烤箱门的那一刻才开始走进知识世界的,正是那些曲奇教会了他一切!

曲奇食谱

食材： 黄油、红糖、鸡蛋、面粉、苏打粉、香草精、盐、黑巧克力

做法：

1. 将75g黄油软化
2. 加入75g红糖、一个鸡蛋
3. 再加一些香草精，搅拌均匀
4. 慢慢加入150g面粉
5. 加入一咖啡勺苏打粉
6. 加入一咖啡勺盐，不停地搅拌
7. 将100g黑巧克力捣碎放入面团中
8. 在烤盘上铺上锡箔纸，用汤勺将面团做成曲奇状置于烤盘上
9. 将烤箱调至7th（210℃），烘烤10~15min

扫码获取
- 制作视频
- 甜品食谱
- 烘焙技巧

烘焙达人就是你！

10 烤坏的蛋糕

雅科的食谱越积越多,他把它们仔仔细细地收藏在塑料文件夹里。这是他能想到的保持食谱整洁的最好方法。

做甜点的时候,雅科总是游刃有余,比如做蛋白霜对他来说就是小菜一碟。而且,他还乐于给甜点增加各种装饰:裱花、上色——粉红、嫩绿、淡黄……一个个小甜点被他打扮得漂漂亮亮。他一想到自己可以创造出无穷无尽的甜甜小可爱,就兴奋得手舞足蹈。

酸奶蛋糕也是他的拿手好戏。嗯,还有果酱卷、榛果

卷、巧克力卷……"停！"一个声音在雅科的心中大喊道，"快换些食谱吧！"于是，雅科把手指饼干做成了叉子状，给猫舌饼增加了小胡子，把圆圆的马卡龙做得又香又甜。他笑着，品尝着，享受着，尽管身上被弄得脏兮兮的。

不过，雅科的好心情有时也会被失败的阴云笼罩。面对烤坏的甜点，他会愤怒地把所有东西都丢到地上。有时想着想着，他甚至还会哭出来。每到这时，他就发誓以后再也不做甜点了……但是等到下个星期三他又"重操旧业"。

今天，雅科又陷入了沮丧。因为他光顾着看电视，把烤箱里的布朗尼忘得一干二净，结果……

"我的布……朗尼烤……焦……了。"他在电话里哭哭啼啼地向外公抱怨着。

"你的布什么？"

"布朗尼，我花了很多时间准备的。"

"布朗基？"

"是布朗尼！一种美式蛋糕。全烤焦了！"

"没关系,我的小伙子。"

"有——关——系——"雅科大叫道,"布朗尼之所以叫布朗尼(BROWNIES),是因为它是棕色的！"

"所以呢？"

"我的布朗尼成了黑色的！"雅科彻底崩溃了。

"下次你会成功的。"外公安慰雅科。

然而雅科根本听不进去:"不,我再也不做了！"

"加油,加油！大多数时候你都能做成功,不是吗？上星期你做的巧克力慕斯……"

"慕斯根本没凝结好！"

"还有油酥饼干……"

"它们太油腻了！"

"那些杏仁瓦片饼干呢？"

"硬邦邦的,像极了屋瓦！"

"啊！够了够了，小伙子！"外公严肃地说，"打起精神来，不可能每次都成功啊。在现实生活中，我们总要面对失败，吸取教训，然后再重新开始！"说完，他挂断了电话。

雅科伤心极了，他很想大哭一场。外公的训斥让他难过得要命，但他又无法对外公生气。因为那可是一直支持他、爱护他的外公啊！

当然，雅科也永远是那个听外公话的小雅科。

于是，他又返回厨房，一点点刮掉布朗尼那烤焦的外皮。脱掉焦黑的外衣，布朗尼露出了棕色的内里，接着，雅科再用彩色糖果装饰一番，烤焦的痕迹就看不出来了。虽然这样的布朗尼看起来怪怪的，但是总比黑黢黢的好。

专注地"抢救"布朗尼使雅克的情绪平复了很多。下个星期三，他将重整旗鼓，成功地做出完美的布朗尼！他不会再让那些不顺从的"甜点小兵"扰乱"军心"，因为他才是"统领"，是"主厨"！

11 数字与文字

三月份,像往常一样,雅科到外公家去度假①。尽管总是下雨,可他并不觉得无聊。因为他把装有食谱的文件夹带到了外公家,他们可以一起分享做蛋糕的快乐。

"刚出炉的蛋糕,热腾腾的,最好吃。"外公乐滋滋地说,"你每次寄来的蛋糕,我收到时已经有些不新鲜了。而且,我多么希望能和它们的制作者一起品尝呀!"

---

①法国的学校二月到三月一般会放两周寒假。

外公可真会说话呀……他给雅科讲起自己过去在面包房当学徒的时光。那时，人们都亲切地喊他"小伙计"。他教雅科做面包。揉面很有意思，烤出来的面包也很香。他们身上沾满面粉、打打闹闹的样子像极了疯狂的小孩儿。

雅科过生日时收到一本厚厚的书，但跟课文里那个小加斯通不同，他可没有失望。因为这本书名叫《蛋糕》，是外公送给他的礼物。书上有几十种食谱，配图是一些像油画一样漂亮的蛋糕图片。除此之外，书里还有许多可爱的插画以及有趣的小故事：这些蛋糕来自哪儿，是谁发明的，是在什么情境下烘焙出来的……对于一个热衷烘焙的孩子来说，这是一本多么了不起的美食宝典呀！

就这样，雅科在风平浪静中度过了二年级的时光。虽然他仍算不上一个好学生，但是"他非常努力，而且在困难面前毫不气馁"。这是老师在他的评估手册上留下的评语，她还特意强调"雅科在阅读方面取得了巨大的进步"。

的确,正是那些宝贝食谱让他发现了一切文字皆有味道。为了理解书本上那一行行一页页的文字,他会紧盯着它们仔细观察。有时候,他甚至能"闻"到一些词的含义。他还会在写字时自创一些词自娱自乐。没错,他现在爱上了写字,而且越写越好。

雅科发现一些词读起来仿佛带有天生的个性。比如,"巧克力",读着就有一种暖暖的、很饱满的感觉;"老师"这个词听起来很严肃,但又让人很安心;"妈妈"……啊……"妈妈",听起来就好像被一股暖流环绕着。

那么,"爸爸"呢?嗯……听起来很有力、很庄重,有一种可以信赖的感觉。但是对于雅科来说,"爸爸"这个词意味着"离开"和"缺失"。

"女孩们",爱说爱笑,跑来跑去;"男孩们"则打打闹闹,躲躲藏藏。

还有"曲奇",那弯弯绕的发音听起来就很可爱;"吃"

字长得很像一座带烟囱的房子，又大又舒服，给人的感觉就像"妈妈"一样温暖；"不"就像一扇关上的门，"对"就像房子在微笑。

"对"，雅科阅读进步很大。"对"，雅科的字写得更好了。"不"，雅科算术可没什么长进。在做甜点的过程中，雅科会遇到很多数学问题，一旦涉及计算，雅科就束手无策。他把"几何"叫作"无可奈何"。至于乘法口诀……

当他第一次听哈贝赛小姐讲乘法口诀时，他还以为"口诀"是什么能吃的东西。结果，竖起耳朵听了半天，他才失望地发现，这"口诀"不但入不了口、喂不饱他，还很有可能毁掉他的生活。

目前，雅科掌握得最好的就是一的倍数。二的倍数，他只能按照顺序背诵；五的倍数，他还没学会；十的倍数，他思考一下还是能说出来的。他知道其他数字的倍数更难掌握，但没办法，上了三年级以后，他必须得很快学会。

暑假的时候,外公给他讲了一个在书里看到的故事:

"有一个脾气很坏的小女孩,她被要求熟练掌握十二的倍数。"

"十二?!"雅科大吃一惊,不敢相信。

"对,对,就是十二的倍数。故事发生在英国,那里对学习要求很严格。你知道她面对这个难题是怎么做的吗?"

"不知道,您快点讲呀!"

"她拿着圆规,嗯……"

"嗯?"

"她用圆规戳伤了老师。"

"啊?用圆规?!"雅科吓了一跳。

"是的。这个小女孩可能真的太不喜欢数学了。"

"真可怜,老师被伤害很可怜,这个小女孩被迫学习这么难的东西也很可怜……"

"是呀,让一个小孩儿背诵十二的倍数确实有些不'人

道'。"外公总结道。

"对嘛对嘛,乘法口诀就是不'人道'。"雅科继续添油加醋。

12　夏洛特

三年级开始了,可怜的雅科和一个霸道的女孩成了同桌。她就是马丁太太的女儿夏洛特。没办法,这是新老师德厄先生安排的座位,谁也不许有异议。

雅科远远地看着他的好朋友米舒坐在教室的另一边,心情更加沉重。直到米舒朝他眨了眨眼,神神秘秘地比画了一番,他才勉强笑了笑。

雅科舍不得米舒这个小伙伴,他们可是好兄弟!不过,米舒与雅科完全不同,他长得又高又瘦。雅科的妈妈常说

他"仿佛过着没有面包的日子[1]",雅科却觉得应该是"没有蛋糕的日子"才对。他一头金发,雅科满头棕发;他活泼好动,雅科却喜欢安静;他总是说说笑笑,不停提问,跑跳打闹,打扰大家,有时甚至还会招惹雅科,但雅科从不为此恼火……

米舒是个热情的男孩,他的爱好除了足球还是足球。雅科呢,他对足球一窍不通,但他并不在意。为了讨好米舒,他还会时不时地充当守门员,哪怕他常会被米舒的射门暴击,耳边回荡着米舒胜利的叫喊声……也难怪,雅科手里拿着饼干,很难扑到球……

米舒对做甜点没有丝毫的兴趣,因为他根本不喜欢宅在家里。但他很喜欢吃雅科做的甜点,当然他也很喜欢雅科。

---

[1] 在法国人的日常生活中,面包扮演着重要的角色。在法语中用"没有面包的日子"比喻生活艰难且漫长。

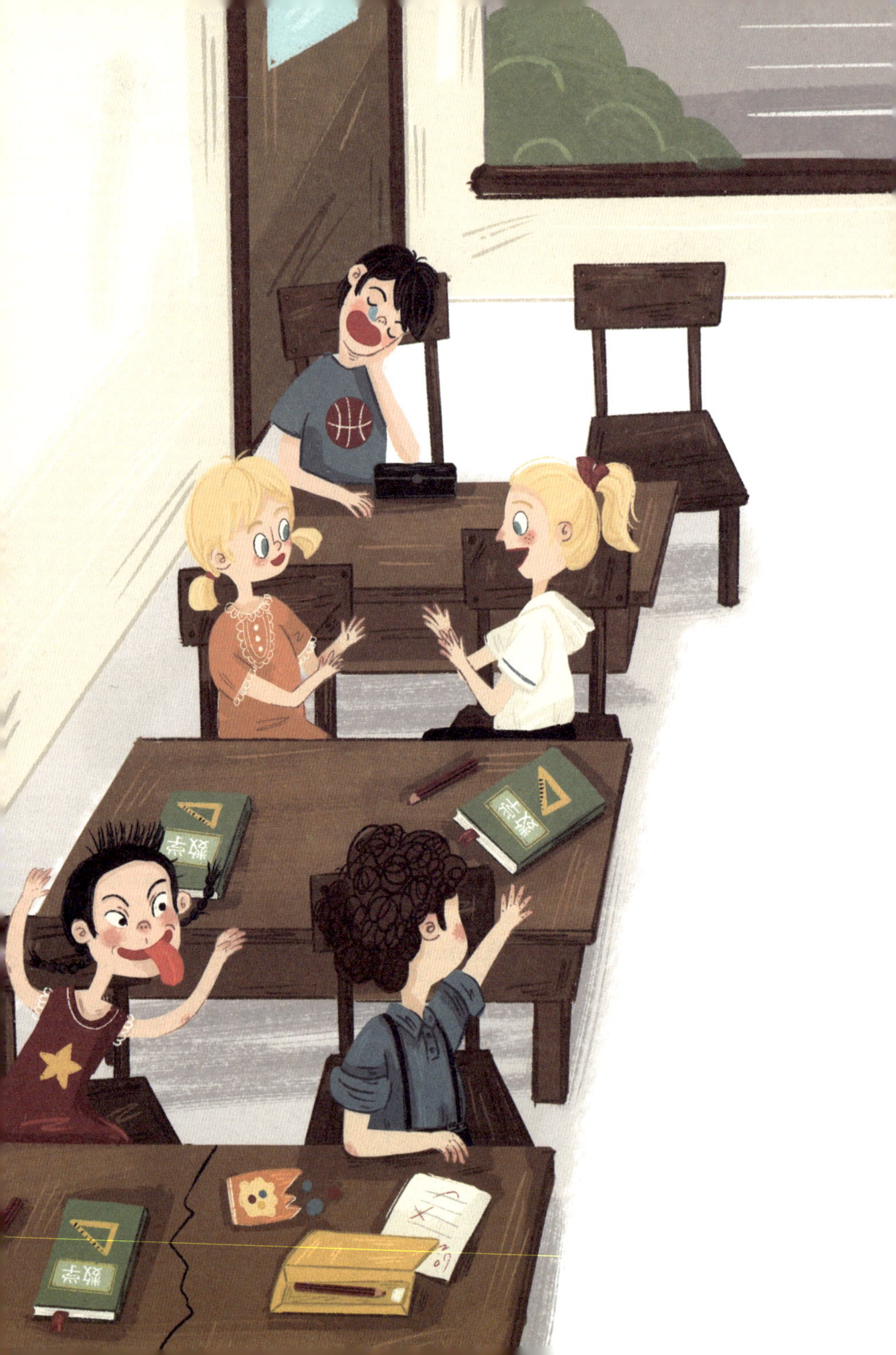
数学
数学
数学

开学了

总之,性格迥异的两个人却偏偏喜欢在一起玩,除非被迫分开,就像现在这样。唉,他们现在只能在课间休息时追逐打闹一会儿。也正是这片刻的相聚,才使雅科不至于对校园生活感到绝望。整个学期,他不得不忍受夏洛特这个让人头疼的话痨。

几天后,雅科在那本漂亮的《蛋糕》书里发现一个……夏洛特的食谱!他万万没想到"夏洛特"竟是一种蛋糕!哦,天哪!夏洛特居然与蛋糕同

名！那她应该不会一无是处。

第二天上课时,他轻声友好地对夏洛特说:

"你知道有一种蛋糕跟你同名吗?"

"什么东西?"

"一种蛋糕。"雅科不耐烦地小声重复道。

"药膏?羊羔?牙膏?"她连珠炮似的说了一长串,声音越来越大。

"你疯啦!别说了!"雅科害怕地嘀咕着。

"雅科,别说话!"老师大喊道。

夏洛特扑哧一声笑了,雅科沉默地皱起眉头。他觉得对这个女孩友好简直是白费功夫。他再也不想跟她说话了。他面前的这个夏洛特,既不是草莓味也不是巧克力味的。她是胡椒味的!

第二天,雅科刚坐下,夏洛特便"开战"了:"把你的书包推一边去!"

"就不!"

"你想吃'水果挞'吗?"她威胁道。

"想啊!我最喜欢苹果挞!"雅科高兴地回答。

雅科话音刚落,她便举起拳头,恶狠狠地瞪着他。然后,她又突然笑起来:"你可真逗。就知道吃!"

令雅科吃惊的是,她随后又补上一句:"但是你这个人还不错!"

"谢谢。"雅科尴尬地说。

接下来,她又用商量的口吻说:"喂,你可以给我做一个夏洛特蛋糕吗?"

13 夏洛特蛋糕

雅科不得不答应……毕竟这是他接到的第一笔订单。况且,他还没做过夏洛特蛋糕,正好可以试一试。

他真想做个胡椒味的夏洛特蛋糕,给这个任性的女孩一点儿教训……但谁让雅科天生不爱记仇呢,他最终还是决定做一个桃子味的夏洛特蛋糕,这样或许能感化夏洛特。

第一次按要求做蛋糕,雅科还有点儿焦虑。他想万一失败了,夏洛特一定会不停地取笑他!

星期三到了,中午放学后,他急忙飞奔回家。幸好他到

家够早,要不然费时费事的夏洛特蛋糕就要做到深更半夜了。

除了时间,做夏洛特蛋糕最需要的就是耐心!可那个讨厌的夏洛特一点儿耐心也没有,没完没了地催他:

"蛋糕做好了吗?"

"没有,夏洛特,还要很久。"雅科耐心地回答她。

"什么好久?"

"夏洛特蛋糕,做好还要很久。"

"为什么?需要烤很长时间吗?"

"并不是。这种蛋糕做好蛋糕坯后就不需要烤了。"

"那么,做好了吗?"

"没有!夏洛特得休息一会儿。"

"但是我不累呀。"她有点儿生气地说,脑袋摇得跟拨浪鼓似的。

"不是你。是那个夏洛特。它至少需要静置冷藏三个小时。"

"那我现在干什么呢？"

"我不知道。你可以休息一下。"

"但是，我——不——累——"夏洛特大吼道，她生气极了。

"那就……跟米舒一起去踢球吧。他在外面。五点钟你们俩一起回来吃蛋糕。"雅科命令道。

真奇怪，夏洛特竟然听从了他的指令。她三步并作两步，快速地跑到楼下。雅科关上门，长舒一口气，为自己刚才坚定的表现感到诧异。他突然觉得自己内心深处或许有军官一般的威武气概。

他先去收拾厨房，然后看了看时间。因为要分清烘焙时间和静置时间，所以雅科学会了看时钟……还有一个小时，小伙伴们就要来了。他第一次觉得不能白白浪费时间，

于是拿出了作业……

以往,他总会拖到最后一刻才去写作业,而且写的时候不情不愿、慌里慌张。那个时候,他只想摆脱作业。可现在太阳打西边出来了,他的作业写得又快又好。他甚至还有足够的时间收拾好书包。这是从未有过的!真轻松啊!他觉得自己终于成了生活的主人。

当然,他还不是学习的主人!

四点半的时候,楼道里传来了急促的脚步声和擂鼓般的敲门声,是米舒和夏洛特。他俩气喘吁吁地跑进来,像饿狼一样冲进厨房。雅科严肃地说:"时间还没到。你们先来客厅和我一起背诵课文吧。"

米舒和夏洛特哄笑着扑倒雅科,挠他痒痒。雅科蜷着身体咯咯直笑。课文,明天再说吧!此刻,和朋友们嬉笑打闹是如此快乐!

五点了,在小伙伴们期盼的目光中,雅科打开了冰箱。一个漂亮的夏洛特蛋糕闪亮登场。他骄傲地把它放在厨房的餐桌上。

"好漂亮啊!"夏洛特惊叹道,然后略带羞涩地问,"这是专门为我做的吗?"

"是的,给你的。"雅科对她说。

但是他又赶紧补充道:"也是给大家的!"

说完,他们三个一起分享了这个象征着友谊的夏洛特蛋糕。

14 好主意

现在,每个星期三雅科都有两位小客人。他会给他们做甜点,还学着餐厅服务生的样子,为米舒和夏洛特提供细致周到的服务。米舒扮演贪吃却没钱埋单的顾客;夏洛特则本色出演一位难缠的女顾客,找碴儿、指责、挑三拣四,但还是狼吞虎咽地吃了个干干净净。他们三个人就这样玩得很开心。

更令雅科开心的是,他的两个小伙伴还在经济上给予了他小小的帮助。每星期三,米舒的妈妈都会给米舒一块钱用来买甜点。米舒会把钱转交给雅科,让他放进存钱罐里。夏洛特虽然没办法从妈妈那儿领到钱,但是每周她会从妈妈的厨房里偷偷拿一些食材给雅科。这次是半罐果酱,下次是一把榛子、几袋香草精……

"偷东西可不是件好事!"雅科指责她。

"我没偷,是拿。"夏洛特反驳道。

"那是一回事。"

"不不,先生,那可不是一回事。我家的一切都属于我。我们总不能偷自己的东西吧!"她理直气壮地说道。

像往常一样,雅科又被反驳得哑口无言,只好接受了她的好意。

聪明的夏洛特不只提供食材,还贡献了很多点子。他们在玩餐厅游戏时,她就灵光一闪,想出了一个好主意。

"要是你可以卖甜点呢?"她提议道。

"卖给谁呢?"

"嗯……卖给我们?"

"哦,不,不能卖给你们。对朋友只能送,不能卖。"

"那好吧……那就卖给其他人。"

"在哪儿卖?"

"在街上。"

"我们有权在街上卖甜点吗?"

"我的小宝贝,权利是要靠自己争取的!"

"问题是为什么我要卖掉自己的甜点呢?"

夏洛特无奈地翻了个白眼,这个愚蠢的问题令她目瞪口呆:"当然是为了赚钱呀,大傻瓜!"

"赚钱干什么呢?"

"赚钱可以变富有,能让你买很多东西,让别人羡慕……"

"也可以帮助妈妈?"

"是呀……可以呀,如果你愿意的话。"夏洛特略带迟疑地说。

雅科已经忘记了夏洛特的存在,他满脑子都是自己把厚厚一沓钞票递到妈妈手上的画面。

"嘿,雅科,你睡着了?"夏洛特推推他,她可不喜欢别人把她晾在一边。

"没有,没有。我在思考……你认为卖甜点可以挣很多钱吗?"

"我怎么知道!我不可能什么都知道。你去试试看呗。"

15   三的倍数

听了夏洛特的话,雅科决定试一试。

他把卖甜点的想法告诉了米舒。米舒认为这确实是个好主意,并且答应帮他一起卖。当他打电话告诉外公时,外公也非常支持。

雅科原本想在事成之后再告诉妈妈,给她一个惊喜,但是外公不同意,他说任何事都不该瞒着妈妈。于是,雅科把卖甜点的计划告诉了妈妈。妈妈想了想说:

"很好,因为可以让你出门活动活动。

"不好,因为可能有危险。

"很好,因为能挣钱也不错。

"不好,因为会花费很多时间。

"很好,因为可以训练你的数学运算能力。"

毫无疑问,数学运算能力肯定会得到提高!乘法、加法、减法……可怜的雅科不得不开始认真学习数学运算。

首先是乘法。第一次售卖,雅科选择了他最拿手的曲奇。不过,他之前按照食谱,一次只能做出十五块左右的曲奇。这个数量对于售卖来说是远远不够的,最起码得是之前的三倍。三倍?这个比例可把雅科难倒了。

怎么办呢?他打电话咨询了外公。

"你试试乘三就可以了。"外公回答道,雅科的问题让他有点儿吃惊。

"怎么乘呢?"

"你应该背过三的倍数吧?"外公生气地问。

"当然。"雅科委屈地说,"我还知道十二的倍数……"

挂断电话后,雅科回到房间拿出了"面目可憎"的数学笔记本。这一次,他不能再逃避了。他试着把笔记本竖着放在厨房的工作台上,以便可以随时查询。但是本子不停地打滑,哧溜一下……啊,本子掉到了黄油罐里!惨不忍睹,本子封皮上留下了一大块油渍,眼见"数学"变成了"油学"。不能再开玩笑啦!得在本子变成废品前赶快背下三的倍数!

他老老实实地坐在地板上开始一遍遍背诵:"一三得三,二三得……"他知道自己必须在最短的时间里背下乘法口诀!然而,背着背着,神奇的事情发生了。乘法口诀终于钻进了他的脑袋并且决定驻扎下来。

雅科生怕乘法口诀从脑袋里溜走,赶紧起身对着食谱上的食材分量做起了乘法计算,算好后就可以开始做曲奇了。

运气来啦！外公给雅科寄来一些钱，说是"给他的投资"。有了这笔钱，雅科能买很多面粉、黄油、红糖（对，对，确实有红糖……）、巧克力豆、香草精（对，对，是黑色的，不是白色的……），以及烘焙必不可少的苏打粉。

雅科做好三盘曲奇，趁热把它们装进了金属罐里。米舒来到雅科家，帮他把曲奇拿到楼下。他们支起米舒带来的户外餐桌，把曲奇摆在铺着黄纸的盘子上。在黄纸的衬托下，曲奇竟然有了一丝艺术气息。最后，雅科把装烘焙经费的存钱罐也放在了桌子上。一切就绪，就连太阳公公也跑来捧场。还等什么，马上开张！

16 卖甜点

开张大吉!

正在小区里玩耍的孩子们飞快地跑来,围着桌子,开始七嘴八舌地提问:

"这是什么?"

"这是在干吗?"

"多少钱一块?"

"这是我自己制作的曲奇,两毛钱一块。"雅科有点儿难为情,声音颤抖着回答道。

"闻起来好香呀……"一个金发小女孩感叹道。

"真的很好吃,我向你们保证!"米舒站在一边不停地吹捧着。

"两毛钱,好便宜呀!"一个鬈发小孩儿说着向家里跑去。

瞬间,孩子们全都跑回家拿钱去了。不一会儿,他们便气喘吁吁地跑回来,争先恐后地抢购曲奇。有些孩子甚至一口气买了好几块。几分钟后,曲奇便被一扫而光。

就在这个时候,那个金发小女孩吉姆回来了,她小脸儿通红,手里紧紧攥着钱,看起来很开心。

不过,雅科不得不遗憾地告诉她:"曲奇卖完了。"

看到她一脸失望,眼中含泪,雅科又赶紧安慰道:"要不你先吃这些碎的。下星期三你再来,我一定多做一些。"

雅科看着小女孩被碎曲奇哄得很开心,他心想,这下完了,还得把食材的比例再提高……天哪,要赶紧背下四

的倍数!

　　好啦,该算账了!账单上的数目十分可观,他总共赚了差不多九块钱!三盘曲奇全部卖掉了,除了做好后奖励自己的一块,为表感谢送给米舒的一块,还有夏洛特拿走的一块……

接下来的一周,雅科用赚来的钱购买了新的食材。再到星期三,他又做了更多的曲奇,这次仍然快速售罄。不过,小吉姆这次可是第一位顾客,她不仅抢到了曲奇,雅科还多送了她一块。

现在,雅科有了一群热情洋溢的忠实顾客,他们总是对每周的美食之约充满期待。接下来的一周,雅科要开始做酸奶蛋糕了。一块蛋糕只卖两块钱。紧接着,美味的布朗尼闪亮登场,然后是五颜六色、形状有趣的蛋白霜饼干,以及苹果磅蛋糕。为了庆祝"油腻礼拜二[①]",更确切地说是油腻礼拜三,他还要做一些可丽饼。春天,他推出了草莓挞,大家立刻一抢而空。接下来,他还推出了油酥饼干、海绵蛋糕、马卡龙、巧克力蛋糕、樱桃蛋糕、蛋糕卷等。

他很想推出更多的品种供大家选择,但是为了能让大

[①]也称"忏悔礼拜二",是封斋期之前狂欢的最后一天。

家拿着吃,售卖的甜点就不能太软塌。所以,巧克力慕斯、苹果派、夏洛特蛋糕就被排除了。这也很正常,谁让夏洛特是独一无二的呢!

以往,雅科做的所有甜点都深受欢迎,除了这次的……水果蛋糕。水果蛋糕呀!它可是非常可爱的,上面有小小的、五颜六色的各种果脯。可是……大家都不喜欢果脯,连雅科自己也不喜欢。嘘!这可是个秘密。他不仅要面对满脸失望的顾客,还得处理卖不掉的蛋糕。在这次失败的尝试之后,他和妈妈不得不顿顿吃水果蛋糕。外公也没能幸免,他收到一个大包裹,里面装满了水果蛋糕切片。好在,还有卢瓦雷①的鸟儿,它们可没理由跟这些水果蛋糕过不去。

每个星期,雅科都会算算账。存钱罐里的钱越来越多,

---

①法国的一个区,位于卢瓦尔河谷地带。

橱柜里的食材越来越全,雅科的心算能力也越来越强!

现在,他能在脑中快速地完成加法运算。两块钱一块的蛋糕再也难不倒他了。就连油酥饼干两毛钱一块,大块蛋糕五块钱一块,他也不会算错了。

至于减法,他在找零的时候肯定要用到。再次强调,减法也是靠心算!顾客们拿着硬币,还有五块钱、十块钱、二十块钱的纸币!雅科眼花缭乱,拼命计算。好在他擅长减法,不会忙中出错。当然,他也绝对不能错,因为那些孩子都会仔细核对的。

数学课上,老师开始讲除法,这次雅科瞬间就听懂了。这太正常了,从他等分蛋糕开始,除法就被他牢牢握在了手心。

乘法运算,再也不是问题。随着顾客越来越多,四、五、六的倍数都被他牢牢记在脑子里。照这样发展下去,他马上还得学习七、八,甚至九的倍数……有时候,他会幻想:

没准儿哪一天食材的分量就要乘十二喽！但……这是美梦还是噩梦呢？

三年级第三学期的评估手册上，老师写道："整个学年，雅科的运算能力进步巨大。雅科好像终于体会到了学数学的乐趣……"

17　进步

和往常一样,雅科的暑假在外公家度过。妈妈和他一起住了一个月;之后,米舒也来住了半个月。假期过完,雅科开开心心地返回学校。四年级开始得很顺利,雅科的同桌换成了米舒。夏洛特依旧没变,还是那么讨厌,还是他们的好朋友。新老师看起来很和善。雅科继续着他的烘焙事业,学习也没有被耽误。

数学课上,虽然大部分时间都在学习几何,但雅科一点儿也不抵触。他再也不把这门课叫"无可奈何"了,因为

他已经可以听懂所有的内容。事实上,他对各种几何图形十分熟悉,只需要把它们的"甜点代号"和图形名称对应上就可以了:三角形是一角水果挞;圆形是一块漂亮的曲奇;正方形是布朗尼蛋糕;长方形是千层酥。很简单,对不对?

因为经常摆弄那些烘焙工具,雅科用起三角尺和圆规完全不成问题。作业本脏兮兮的、字也写得很潦草的时光已经远去。现在,他的作业本很整洁,字也一笔一画写得很清晰。因为总是细心地装饰蛋糕,雅科的动作越来越精准,人也越来越注重细节。他终于体验到了认真工作的快乐。

现在,他一周可以做两次甜点,星期三是为了售卖,星期日则是为了娱乐。俗话说得好,生活不只为了赚钱!星期日,雅科很放松,他会尝试新做法,改良旧款式,研发一些更有创意的甜点——尽管不是每次都能成功。

为了给米舒庆祝生日,雅科为他做了一个"足球场蛋糕"。那是一个很大的长方体巧克力蛋糕,绿色的糖面是

"绿茵球场",一颗颗小小的白色糖果排成了"球场"的轮廓,淡黄色的华夫饼用来做"球门","球员"则是用麦芽糖制成的。

那天,他们没有营业,只在楼门上贴了一张"今日有事,不售甜点"的告示,然后邀请了全班同学来品尝蛋糕。

有个星期日,妈妈看上去心情不佳,雅科为了哄她开心,就研发了一款"快乐魔力蛋糕"。这是一款非常特别、非常疯狂的蛋糕。当然,它也确实充满魔力,因为它真的让妈妈笑了起来。

每当研发新款甜点时,他都感觉自己充满了无限的能量,脑中思绪飞舞,灵感接踵而至。这种感觉,在雅科写作文时也会经常出现。他只要插上想象的翅膀自由飞翔,就能飞到很远的地方。

现在,星期三的售卖任务被他安排得井井有条。下雨天或是天气寒冷时,他和米舒没法儿在外面摆摊儿,他们就躲在楼门口的信箱前。雅科的顾客越来越多,小孩子、大孩子,甚至还有妈妈们,他们都盼着每星期三与雅科的美食之约。小有收获的雅科用赚来的钱买了一张新的户外餐桌,这张餐桌能够摆下更多的甜点。

米舒报名参加了足球俱乐部。每星期三训练完,他都会直奔雅科家。在帮雅科下楼摆摊儿之前,米舒刚好有时间敞开肚皮吃甜点。当然,这些都是雅科从当天的售卖品中预留出来的。夏洛特也经常带着女孩们前来造访,用她的话说,她是来"监督"的。

"我可以拿一块蛋糕吗?"她忸怩作态地问。

"可是……你已经放进嘴里了!"雅科抱怨道。

"哎呀呀,那可怎么办呢?你不想给我吃?"

"吃吧,你都已经吃了……"雅科拿她一点儿办法都没有。

"来吧,姐妹们,快去买他的蛋糕,不然小宝宝要哭啦……"

说完,女孩们围到餐桌前,雅科嘟囔道:"我才不是小宝宝,我才不会哭呢!"

女孩们才懒得听他解释。夏洛特走在前面,她那些叽叽喳喳的姐妹跟在后面,临走时她还不忘补充一句:

"幸好有我在,要不然你根本卖不出去。"

"拜托!"雅科和米舒气得齐声说道。

但生气有什么用呢?夏洛特就是这样,况且生意确实更好了……

18 悲剧

直到有一天,悲剧发生了。

又是一个星期三,雅科准备了杏仁瓦片饼干。为了让饼干呈现完美的弧度,他把它们放在游戏手柄上晾凉。他拿起一片尝了一口:太棒了!又薄又脆,入口即化。尽管是他独自完成的所有准备工作,但他感到分外轻松,还哼起了小调:"今天是属于杏仁的日子。"没想到这一天,他真的仿佛吃到了倒霉的苦杏仁⋯⋯

雅科和米舒准备下楼摆摊儿。春日里,太阳跟他们玩起了捉迷藏,一会儿阳光明媚一会儿阴雨绵绵,但他们仍然决定把桌子搭在外面,这样至少光线充足。他们支好桌子,铺上餐巾,认真摆放着饼干。这时,一帮男孩出现在小区的另一边。雅科一眼就认出了他们。他们都是些初中生,整天打架斗殴、骚扰女生、脏话连篇。

看到他们来势汹汹,雅科心跳加速。米舒吓得声音都变了,小声地跟雅科说:"快看!"但是雅科没吭声,他故作镇定地继续摆放饼干,假装自己很强大。

当他抬起头时,只见那伙人正朝他们跑来,小顾客们

被吓得四处奔逃。这些坏家伙大喊着拥过来，踢翻桌子，打了雅科一个耳光，又给了米舒一拳……然后把饼干洗劫一空，吐了口水后扬长而去。

雅科和米舒被吓得不敢动弹，也不敢出声。桌子被踢翻了，餐巾和饼干碎屑散落一地，存钱罐滚到了地上，孩子们都被吓跑了，米舒的鼻子在流血，雅科的脸被打得又红又肿。

天上落下雨滴，雅科的眼中噙满泪水。米舒抽泣着说要回家处理一下自己的鼻子，并催促雅科也赶紧回家。但

是雅科没有离开，他就呆呆地站在那儿，盯着那满目疮痍的"战场"。这确实像一场战争，有伤员，有掠夺，还有战后的废墟。那些野蛮人抢走了他的一切，不光是他的饼干，还有他的快乐、他的热情、他的志向。这就是一场战争，而雅科输了。

除了伤感，雅科感觉内心更多的是害怕。他害怕他们还会再来，害怕悲剧重演，害怕疼痛……这种恐惧感仿佛要将他吞噬！这时，有几个孩子朝他走来，他们很担心雅科。其中一个是小吉姆，她用甜美的声音安慰道："别哭了，雅科。"

雅科无力回应她。他说不出话，双手颤抖着，失落地捡起自己的存钱罐，快速把桌子收好，像个小偷儿一样逃回了家。

可是，偷东西的并不是他！

19 恐惧

关上家门的那一刻,雅科终于无所顾忌地放声大哭起来。这时他多么需要妈妈呀,但妈妈并不在他身边。他跟跟跄跄地走到电话旁,焦躁不安地拨通了外公的电话:"外公……他们抢走了我的一切!"

"雅科,发生了什么事?"外公担心地问。

"我的杏仁瓦片饼干!全被他们抢走了!"

"他们是谁,雅科?"

"那些可恶的中学生。"

"他们弄伤你了吗?"

"是的……不……一点儿小伤。可是他们更让我……"

"更让你什么?"

"更让我害怕——特别害怕!"

"可怜的小雅科……"

"我再也不卖甜点了!"

"不,我的雅科,现在先不要说这些。先冷静下来告诉我发生了什么。"

雅科讲着事情的来龙去脉,外公温柔地宽慰着他。挂掉电话后,雅科的心情好了一些,停止了哭泣。

但是妈妈下班回家后,他又开始大哭起来。妈妈把他搂在怀里,雅科委屈地把被打的事告诉了妈妈。妈妈边听边哭,为儿子的遭遇哭,和儿子一起哭,像儿子一样大哭。可怜的妈妈,可怜的雅科!

那天晚上,妈妈语气坚定地宣布:"卖甜点的事到此为

止。"

雅科没有作声。

"我告诉过你做这件事可能会有危险。"她强调道。

雅科没有为自己辩驳。

"你听到我说的话了吗,雅科?别再卖甜点了!"

雅科没有和妈妈再讨论下去。

因为雅科已不再是那个意气风发的小甜点师。接下来的日子如同噩梦:在去学校的路上,他总是左顾右盼,生怕有人跟踪他;课上,他什么也听不进去,脑袋里一直循环放映着自己被打的画面。他多么希望可以切换频道!可是,他无能为力,因为他把遥控器弄丢了。

夜晚,他会恐惧不已。这种恐惧是因为他无法理解:那些人为什么要这么做?为什么这么粗暴?为什么要搞破坏?为什么这么恶毒?他们又为什么要针对他?他并没有招惹他们,他只是在自己的小天地里平静地生活,从未打扰过任何人。可他们却粗暴地闯入他的生活,毁坏了一切,使他变得一无所有,甚至毁坏了他对生活那份美好的期待。

他无法给这些"为什么"找到答案。当然找不到答案,因为根本没有答案。他们这么做是没有理由的,就只是为了好玩儿。这也是让雅科感到害怕的原因。因为这意味着他们的恶作剧可能还会上演,无论何时、何地、针对何人,谁都拿他们没办法。

雅科当然也无能为力。他甚至会因为自己没有反抗而感到懊恼。他任凭他们殴打自己、砸坏一切、抢走饼干,而自己却没有做任何反抗。的确,雅科害怕极了,他们人高马大、人多势众,雅科年纪还小,可这并不是他任人宰割的借口呀!他就是一个懦夫、一个小宝宝。

这种时候,夏洛特当然会跑来吐槽。"你应该……""我要是你我就……"这些话劈头盖脸地砸向雅科,起不到一点儿安慰作用。

米舒倒是很快振作起来了,但是他的乐观情绪并没有感染雅科,甚至还惹怒了雅科。雅科认为他那没心没肺、无所谓的态度反而使自己感到孤立无援。

看到雅科如此忧愁又无所事事,妈妈很难过。尽管她拼命给儿子打气:"行动起来!振作起来!"但她的儿子就是毫无反应。不仅不再卖甜点,雅科连做也不做了。他的橱柜空了,放置食谱的文件夹也被收了起来,双手彻底闲下来了。美味的甜点、满屋弥漫的香气、可爱的小甜点师,这一切都消失了。往日主意多多、创意多多的雅科像泄了气的皮球。他十分空虚,没有了梦想,失去了生机。

连对吃饭都失去了兴趣!

20　外公侠

一个月过去了,雅科担心的事并没有发生。一天下午,他放学回家,看到他家的信箱上贴着一张小小的黄色便利贴,上面写着几个大大的字:

振作起来!

这是什么?

他走进电梯,电梯间的镜子上也贴着一张便利贴,上面写着:

冲向小偷儿!

这是谁写的呢？

电梯到了，他走出来，感觉脚下好像有什么东西被踩碎了。他低下头，看到一长串糖豆一直摆到他家门口。该怎么办呢？踩碎它们，当作什么也没发生还是……吃掉它们？虽然他不饿，但是却被一种熟悉的力量驱使着……他弯下腰，把它们捡起来，然后继续往前走。不管怎样，糖豆还是不错的。

走到门口，他看到一个蓝色的东西从门口的地垫下凸出来。他把这个东西拿出来打开……原来是一个蝙蝠侠面具。太奇怪啦！他站起来，发现房门上贴着第三张便利贴：

发起进攻！

这次，他确定某件神奇的事发生了……或者更准确地说，是某个神奇的人来了！他快速打开门，冲进门厅，墙上贴了一排便利贴，但雅科顾不上看，只是沿着便利贴的指示径直走向了……

佐罗！他在厨房里！

当然，"佐罗"就是外公，他戴着黑色眼罩，手中挥舞着木勺，一边和假想的敌人殊死斗争一边大喊着："坏蛋，后退！"

雅科扑哧一笑："真像佐罗！"

"哦，不，我不是佐罗，我是专门保护受伤的甜点师，专门为那些生意受损的小售货员复仇的外公侠！"

"哦!外公……"

"外公侠!"外公纠正道。

"外公侠。"雅科乖乖地附和道,"您知道见到您我有多开心吗?!"

"我也一样,亲爱的,见到你我也很开心。你瞧,现在一切都好了。"

雅科非常相信外公。一想到外公会在这儿住上一阵子,雅科瞬间放松下来。

第二天,外公送雅科到学校。雅科向他介绍了自己的朋友们:"这位是您已经十分熟悉的米舒……"

"奶油米酥……"夏洛特笑道。

"这位就是夏洛特。"

"啊!这就是大名鼎鼎的夏洛特……"外公笑着说。

"外公,您要小心呀!她可是胡椒味的夏洛特!"

看起来外公很高兴认识她,而且她今天笑容满面,看起来也确实很可爱。外公可真是无所不能,竟然可以让那傲慢的女孩也变得温顺起来。

晚上,外公在学校门口接他放学,这下雅科更安心了。但是外公的到来不只是为了让他安心,更是为了唤醒他。一回到家,外公便开始实施他的计划。

"雅科,今晚你给我们做什么甜点呢?"他不经意地问道。

"没。"雅科嘀咕着。

"天哪,我都没听说过,这种'没蛋糕'长什么样?是美式蛋糕吗?"

"不是,'没'就是'不''没有''我不做蛋糕'的意思!"

"为什么不做?"

"因为……我不想再做了。"

"啊,我明白了。你内心还是非常喜欢那些欺负你的坏

孩子的……"

"不！我讨厌他们！您为什么这么说？！"雅科大喊道。

"因为我感觉你想要讨好他们。"

"并不是这样的！"

"不,是这样的！你因为他们而停止做自己喜欢的事,你给了他们改变你生活的权利。这就好像在告诉他们：'男孩们,你们真棒,你们赢了！'"

"那又怎么样？"

"怎么样？我很纳闷儿你为什么这么想让他们赢？"

"因为他们就是赢了。"

"那是因为你让他们赢,他们才会赢。"

"您说得简单……"

"好吧,雅科！我并不认为他们已经赢了。只不过,是你输了,而且输得很彻底。"

雅科一声不吭。他知道外公说得对,但是……

"总之,现在太迟了。我不可能再做什么去反抗他们。"

"对于勇者来说,反抗永远不会太迟。你只是输掉一次战斗,又不是输掉一场战役。"

"可能吧……但是您认为我该怎样反抗呢?"

"反抗,反抗……我一直认为:最好的反抗就是进攻!"外公坚定地说,他从不缺名言警句。

"进攻?!可是他们比我强壮多了!"

"他们可能比你强壮,但不一定比你聪明。"

"或许您说得对……"

"我说得当然对。我总是对的。"说完,他又弯下腰在雅科的耳边说,"听好了,我有一个主意……"

21 妙计

第二天下午,外公和雅科开始行动。他们先去超市大采购,把雅科的橱柜重新装满,然后又忙活着做了大大的彩色海报。上面写着:

美味甜点,重出江湖!

相约周三,不见不散!

米舒来雅科家玩时,看到海报,认为这样宣传有点儿不太谨慎:"你不觉得还是低调些比较好吗?他们可能随时会来……"

雅科笑了，为了打消米舒的顾虑，他胸有成竹地说："别担心！"

接下来的星期三，外公和雅科一起做了曲奇。他们再次选择做曲奇来售卖，是因为曲奇总是给雅科带来好运……他们做了很多，有两种口味，每种三盘！

等待曲奇出炉的时间过得很慢，于是外公教雅科玩起了勃洛特纸牌。但雅科心不在焉，心里偷偷期待着出发的时间慢点到来。但该来的还是来了，四点一刻，米舒按响了门铃。米舒非常焦虑，连平时最爱吃的曲奇今天也拒之"肚"外。于是，老少三人一起下楼为售卖做准备。

桌子已支好，餐巾已铺好，曲奇已摆好，一切就绪。外公退后几步，找了个隐蔽的地方藏了起来，这样他既可以监视现场又不会被坏人发现。等待开始……

雅科的小顾客们已经迫不及待地跑来排队，但是雅科

让米舒先不要开始卖:

"不,不,还没开始。时间还早。"

"可我们等什么呢?"米舒又紧张起来,"如果我们太晚开售的话,那些坏家伙就该来了……"

"别担心,别担心……"雅科重复道。

然而,他嘴上这么说,心里却很忐忑:假如他们不来呢?假如他们来了,但我们的计划失败了呢?假如……

不用再想了,那群捣蛋鬼来了!雅科远远地看到他们像恶浪一样涌来。他害怕极了,一旁的米舒也被吓得浑身发抖。像上次一样,那些坏孩子扑向他们,踢翻桌子,然后一把抢走了曲奇。

为了躲避他们的拳打脚踢,雅科和米舒用手捂住脸,可是……并没有一个拳头落在他们身上。他们听到男孩们的冷笑声,紧接着是一阵喧哗,然后声音渐渐远去了。

雅科和米舒小心谨慎地透过指缝往外看。好了,那些

人拿着曲奇走远了。随后,外公出来跟他们会合,一起等待好戏上演。

很快,一阵尖叫声传来。随后,接二连三的尖叫声此起

彼伏。那声音充满痛苦，如鬼哭狼嚎一般，令人毛骨悚然。

与此同时，雅科和外公也发出尖叫声。不过，这是象征着胜利的尖叫声。他们端出第二种曲奇，一边售卖一边向米舒讲述着他们的计策。

"外公想出个妙计——用胡椒籽代替巧克力豆。"

"但是胡椒籽很小呀！"米舒吃惊地说。

"你说的是胡椒粉。"外公说，"胡椒籽可不小，它圆圆的、黑黑的，跟巧克力豆很像。"

"那么,他们刚刚吃的是……"米舒恍然大悟,脸上露出喜悦的笑容。

"这可是我第一次做胡椒味的曲奇!"雅科哈哈大笑,"看样子,他们不太喜欢呀!"

"应该把这件事告诉夏洛特!"米舒说。

"对。这个主意还真跟她有点儿关系呢!"外公笑着说道。

说曹操,曹操到。胡椒味的夏洛特来了。她在家里的阳台上目睹了一切。她说她看到那些捣蛋鬼被辣得在地上直打滚儿,就像一群婴儿在哇哇啼哭,甚至还有人在呼喊妈妈!

"我看到他们嘴里喷着火!"夏洛特补充道。

"你确定没夸张?"雅科一脸窃喜地问道。

"当然没有!而且我还要把这件事告诉大家。"

这句话,夏洛特绝对没夸张。因为她确实认识很多人,

而且她确实话很多……

她继续说:"但是你们不害怕吗?"

"当然怕了!"米舒和雅科齐声说道。

"幸好有我在一旁严阵以待。"外公说。

"是严'椒'以待!"雅科补充道。

说完,四个人笑作一团。

22 爸爸和妈妈

在那个难忘的下午之后,雅科的生活回归了平静。那些捣蛋鬼再也没来过。应该说,夏洛特的工作做得很出色——他们的惨败在整个小区飞速传开。几个星期以来,他们成了小区里的笑料,出门恨不得贴着墙走,而人们见到他们便会揶揄道:"要不要为你们准备一些胡椒味的糖果,我知道你们很喜欢……"或者"你们这么大的男孩,还会哭着喊着找妈妈?"在这种情况下,任谁也难装出硬汉的样子!

四年级,学校开始教分数,全班同学都为此痛苦不已……除了雅科。因为他在做磅蛋糕时,已经学会将鸡蛋、面粉、糖和黄油按照各占四分之一的比例混合,所以他非常熟悉分数的算法。

不仅如此,他的地理知识也丰富得令老师大吃一惊。这是因为他常在地图或者地球仪上寻找那些与甜点同名的地区,所以知识就这样一点点积累起来了。而且,最近他开始做一些外国甜点,这大大拓宽了他的视野:从巴黎布雷斯特泡芙到萨瓦蛋糕,从巴伐利亚奶冻到挪威蛋卷,雅科总是在地图上进行着他的甜点之旅!

他还像之前那样,星期三和星期日做甜点,他甚至像专业甜点师那样接到了订单……第一份付费订单来自马丁太太。马丁太太也就是夏洛特的妈妈。自从烤箱事件后,雅科跟她的交流仅限于干巴巴地问好。她的身材还是那么胖,嘴还是那么碎,嗓门儿还是那么大!但她可是夏洛特的妈妈,雅科怎能拒绝她的订单?!

夏洛特亲自把订单交给他:"我妈妈想让你给她做一个蛋糕。下星期六要,她会付钱给你。"

"你妈妈?"

"是的,是送给我爸爸的。"

"你爸爸?"

"你妈——妈……你爸——爸……"夏洛特模仿着雅科,"你可以不叫得那么傻——吗?"

"不可以!"雅科愤愤地回答。

"星期六是他们的结婚纪念日。"

"但是,我以为你妈妈……"

"以为什么?"

"以为她不怎么爱你爸爸……"

"嗯?你疯了吗?你为什么这么认为?"

"嗯……她总是对他大呼小叫。"

"那又如何?我不也总对你大呼小叫吗?但是……哦!你太笨了。你真的什么也不懂。"

"不懂什么?"

"不懂爱呀,小宝宝。不懂妈妈……也不懂爸爸。"

雅科哑口无言,夏洛特的话刺痛了他。不过,夏洛特的话也并非事实,或者说已经不再是事实了。

最近一段时间,一直有位先生每到星期日就来家里吃午餐。他是维达尔先生,不过他允许雅科直呼他的名字——让。而他则喊雅科的妈妈"玛德莱娜"。这个称呼听起来怪怪的,好像妈妈变成了另外一个人。不过,看起来他非常喜欢妈妈,而妈妈也很喜欢他。

吃完午餐,他们会去散步或者看电影。每次出门前,妈妈都会担心地问雅科:"你确定自己待在家没问题吗?"

雅科则一成不变地回答:"放心,没问题。你们去吧。我还要做甜点。"

然而,他们出门后,雅科一个人待在家,伤心和失落的感觉就会袭上心头。于是,他只能在电话里寻求外公的安慰:"别担心,我的宝贝。你知道妈妈有多爱你。"

"是的,我知道。"

"只有当你离开她,自己生活的那一天,你才会真正明白。你已经长大了,有自己的生活,你不再像以前那样需要她了,不是吗?"

"是的,您说得很对。我有甜点和朋友们,还有学校,我还想……"

"你看,"外公温柔地打断他,"你的生活多么精彩!如果你妈妈能重新过她自己的生活,也是一件不错的事,对吗?"

"为什么不是跟我爸爸一起生活?"

"啊!他……已经很久没有音讯了。他似乎不想再回到这个家。说说这个维达尔吧,你觉得他怎么样?"

"他很好,很有礼貌。"

"那就好。"

"但不是很有趣……"

"啊……可能以后会好起来吧。这也不是最重要的事。最重要的是他对你和你妈妈都很好。"

"确实如此……"

"我有个主意,我们给他起个搞笑的外号吧。"

"什么?"

"我们可以喊他……达达!"

"达达?这不像个人名!"

"不!这个名字听起来就很善良。"

"啊!达达!"雅科笑了,"这个名字很可爱,很适合他。"

挂断电话后,雅科稍微开心了一些。

下午茶时间,这对情侣回到家里,雅科觉得妈妈化完妆以后非常漂亮，也非常俏皮。对于她来说，心有所属是一件好事。但是这会让雅科情不自禁地想：妈妈的爱被别人分走了，怎么能说是好事？

除非……除非这个人既是她的伴儿，也是雅科的伴儿。就像父亲那样。

但维达尔是否够格呢？对他们是否够好呢？等着瞧吧。目前，雅科只能确定一件事情，那就是他很有品位，因为他很喜欢雅科做的甜点！

23 蛋糕学校

雅科终于上五年级[1]了。逃不过命运的安排,全校最恐怖的热哈奇夫人成了他的新老师。不过,雅科并不畏惧,他不再害怕任何人。他觉得自己有勇气面对老师,也不再怕那些欺负他的坏孩子。

事实上,现在是别人害怕他。不是怕他这个人,而是怕他不给他们做蛋糕。雅科先生现在订单很多,越来越多的顾客在庆祝节日、招待客人时会向他预订蛋糕。到目前为

---

[1] 法国小学的最后一年。

止,他成功地完成了所有的订单。一切都被他安排得井井有条。

他给米舒讲述着自己现在的生活状态,包括他已经买了一个上初中才会用到的大记事本。米舒认为雅科把生活弄得太复杂了,而且完全没有必要。

"你是要拿大记事本唬人吗?"米舒取笑道。

"才不是,我是真的需要记事本,就这么简单。"雅科反驳道。

"噗……我知道了!你就是想把每天都用'蛋糕'填满。"

"你疯了!如果不用记事本安排好每天的事情,我会手忙脚乱,来不及交货,甚至会突然发现缺少某种原材料!"

"嘿!别紧张,雅科!"

"所以,我这么做恰恰是为了让时间更充裕。我给你举个例子:假如有一位弗朗索瓦兹太太预订了三个覆盆子蛋

糕……11月26日来取。"

"嗯,那你11月26日做好不就可以了,不需要为这件事伤脑筋。"

"不不不。首先,11月没有覆盆子,所以我得去买冷冻的覆盆子。我们假设我……11月24日去买。"

"为什么?"

"因为那天是星期三,我有空,这就是原因。接下来,为了赶上进度,我在11月25日就得开始准备蛋糕坯。"

"这么早做出来不会变质吗?"

"不会,放一个晚上没问题。11月26日早上,我再打发奶油,放入冰箱冷藏。最后一步就是从冰柜里拿出覆盆子。"

"然后你就等着?"

"不!我忙着呢!如果有空闲,我还得做其他蛋糕,或者写作业……或者玩一会儿,看看电视……或者回答你那些蠢问题。"

"噢！好吧！"

"反正到了下午,我只要给蛋糕坯抹上奶油、铺上水果就行了。这就做好了,新鲜又准时。"

"听起来好复杂。"米舒叹了一口气。

"或许吧,但是这让我学会了合理安排时间。上初中以后,我们要做的功课会更多,更要提前安排好。"

"哦……初中,还早着呢。"米舒潇洒地说,"但是告诉我,那个弗朗索瓦兹太太是谁？"

"那就是一个假设的人名,米舒！"雅科抬起头,不耐烦地说道。

蛋糕订单和星期三的甜点售卖让雅科赚到了不少钱。用这些钱雅科就可以给他的亲人、朋友们送上一些精美的小礼物。他送给米舒一件印有罗纳尔多照片的T恤,送给

夏洛特一枚蓝色戒指。

"这太女孩子气了。"她抱怨道。

"那……你不就是女孩子吗?"雅科无奈又惊讶地问道。

"我呀,我是女人。"夏洛特教训道。

十岁半的女人?不过,从那儿以后,她总是把那枚戒指戴在手上。

雅科给外公邮寄了一本有趣的故事书。暑假的时候,他们还一起读了这本书。妈妈收到一条玫红色的围巾、一盆仙人掌、一支带有草莓香味的笔、一个猫咪形状的花瓶……他甚至也给达达买了一件礼物,感谢他带大家去迪士尼乐园玩。一开始,雅科并不知道买什么,但最终听从外公的建议,给达达买了一个记事本。

他们在迪士尼乐园度过了愉快的一天,雅科和米舒一起玩了很多游乐项目。妈妈看起来很幸福,达达可爱极了,跟他的外号很搭。那天几乎是完美的一天,除了一件事:他们买的曲奇和布朗尼口感差极了,一点儿也不好吃。

一眨眼,雅科该上初中了。与米舒的想法恰恰相反,时间过得飞快,初中近在眼前。雅科迫不及待地想上六年级①,因为这样他就可以学习英语,那是曲奇和布朗尼的家乡话,当然也是水果蛋糕的语言。

学校将要为毕业生举办一场毕业庆典。为了这次的庆祝活动,雅科答应为大家准备一个超级大蛋糕。他查阅了厚厚的美食宝典,试图找到一个新创意。突然,他回想起自己二年级时,第一次发现曲奇食谱时的喜悦心情。那是美妙历险的开始,而且这场历险还远没有结束。

从那时起,他学会了朗读、写字、算术,还学会了努力、坚持、永不放弃。他的精神世界里涌进了很多新鲜事物,他

①法国初中第一年。

的生活中出现了很多可爱的人。

现在,他有很多朋友,当然也有一些敌人!他学会了自我保护,也变得自信从容。因为他明白了自己是谁,要到哪儿去,也明确了自己的价值所在。

这一切,多亏了甜点……

突然,他放下美食宝典。一个灵感在脑海中闪现——他要研发一款蛋糕,一款无与伦比、回味无穷、令人叹为观止的蛋糕!他要极尽所知、竭尽所能地完成它。这款独特的蛋糕被命名为"蛋糕学校"。

当雅科把他的"蛋糕学校"带到庆典现场时,所有人都大吃一惊。这才是雅科的代表作。

这个色彩缤纷的多层蛋糕让大家眼前一亮,上面布满了各种各样的图案和糖果装饰。它就像是一百个蛋糕的合体……就像是"蛋糕"们的"学校"。

大家不光欣赏,还想一起品尝。雅科把蛋糕切成小份

分给大家,并且耐心地回应着大家的点评,他为"蛋糕学校"的成功感到自豪。

"蛋糕既好看又好吃。"校长满嘴蛋糕,含混不清地说道。

"谢谢!"雅科略带羞涩地回答。

"你在里面加了什么?"平日严厉的老师温柔地问道。

"加了面粉、糖、鸡蛋、牛奶、黄油、巧克力、牛轧糖、草莓、苹果、杏仁糖、香草精、稀奶油、坚果,当然还有……巧克力豆。"

"都是真材实料吧?"米舒有点儿担心。

"当然。"雅科安慰道。回想起那些"胡椒巧克力豆",他们笑了。

"你是在哪儿学的?"小吉姆问道,她成功地溜进了大孩子们的聚会。

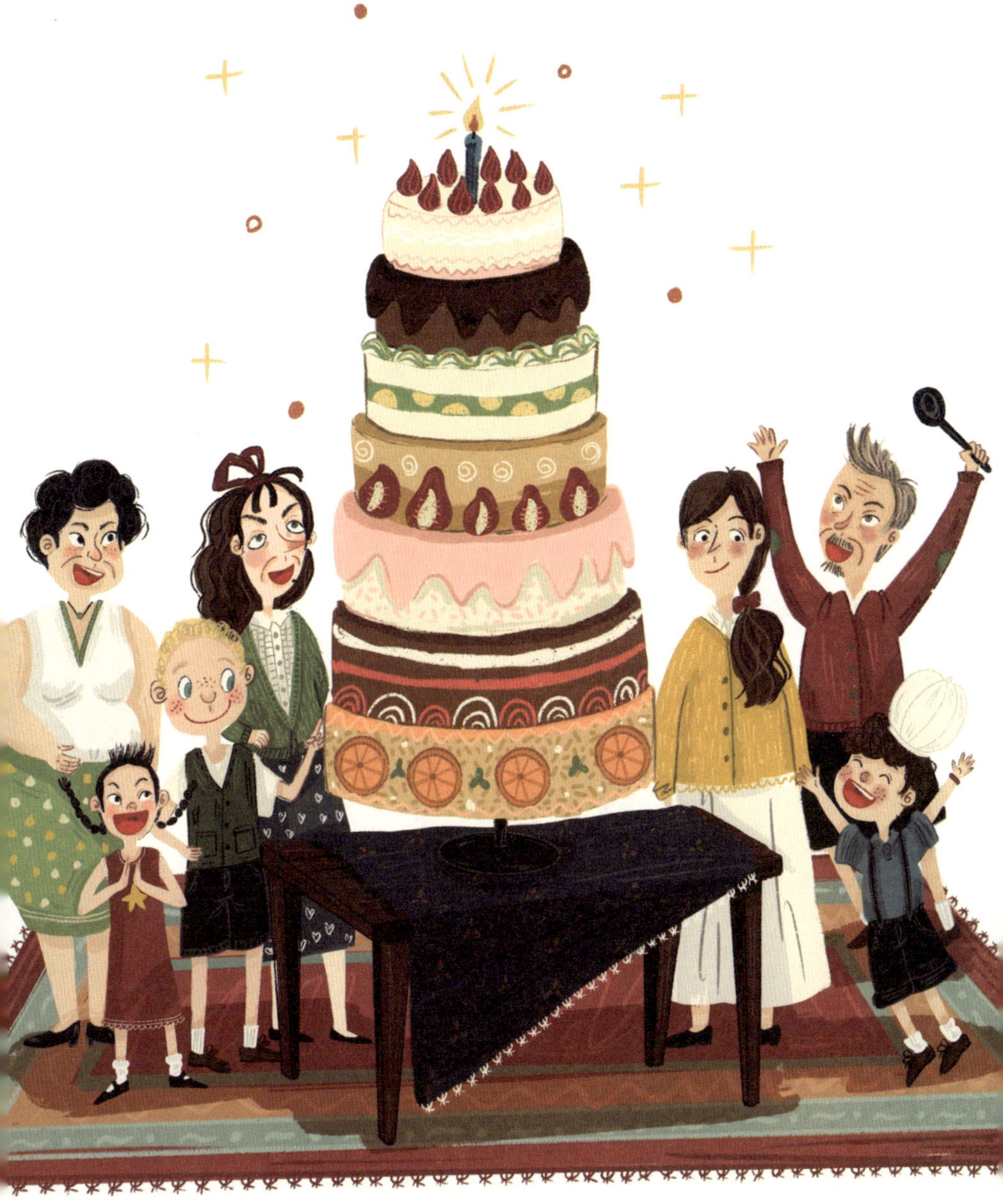

"在蛋糕学校。"雅科回答道。

"那所学校好吗?"

"嗯,很好!非常好!我在那儿学会了一切。"

"一切?"

"是的,我学会的一切。"

"现在你要上初中了,是不是就要离开蛋糕学校了?"

"哦,不!我永远不会离开那儿!"

因为雅科很清楚:蛋糕学校,是他一生的学校!

读美味故事　做烘焙达人

本书专属二维码：为每一本正版图书保驾护航

扫码获得正版专属资源

微信扫描下方二维码，获得正版授权，即可领取专属资源

盗版图书可能存在内容更新不及时、印刷质量差、版本版次错误造成读者需重复购买等问题。请通过正规书店及网上开设的官方旗舰店购买正版图书。

智能阅读·小书童为您严选以下专属服务

- ✓ 看 【制作视频】 手把手教你如何做甜品
- ✓ 读 【甜品食谱】 了解制作所需的材料与方法
- ✓ 学 【烘焙技巧】 让你变身烘焙小达人

- ✓ 加【读者交流圈】 晒一晒你动手制作的美味
- ✓ 看【趣味冷知识】 感受世界的奇妙
- ✓ 领【阅读书单】 为你盘点那些有趣又好玩儿的书

扫码添加 | 智能阅读小书童

操作步骤指南

微信扫码直接使用资源，无须额外下载任何软件。
如需重复使用，可再次扫码。